Les carnets de guerre de Victorien Mars

Maxence Fermine

Les carnets de guerre de Victorien Mars

ROMAN

Albin Michel

Pour Luc et Nathalie

Sur les cieux rétrécis j'inscrirai
La splendeur pourpre de ton nom
Ainsi revêtus d'amour parfait
Nous trouvera la fin ultime
Seuls par-dessus la nuit
Dans la poussière des Dieux

Rupert CHAWNER BROOKE (1887-1915)

C'est en avril 1916 que tout a commencé, dans une tranchée lugubre où pleuvaient les obus et les balles par centaines, sous un ciel obscur formant une voûte de fer, de grisaille, d'acier et de sang.

Ce spectacle, c'était la guerre. Et elle allait durer deux années de plus, même si nous ne le savions pas encore. Une guerre sans merci, dans laquelle nous n'étions que de bien piètres figurants. Je me souviens qu'il faisait horriblement froid. Le sol était recouvert d'un mélange de boue et de neige fondue qui collait à nos bottes et nous maculait jusqu'à l'entrecuisse. Chacun de nos pas était un supplice. Nos mains étaient pleines d'engelures, nos membres, nos corps engourdis, transis depuis des heures. Mais nous aurions eu tort de nous plaindre, souffrir c'est vivre encore. Car dans le long boyau de terre qui nous servait de refuge, une multitude de morts à demi enterrés attendaient en vain une sépulture plus décente que ce cimetière à ciel ouvert.

Nous étions entrés dans les ténèbres de l'humanité,

aux frontières du néant, un champ de destruction où se dispersaient les dernières cendres du vivant. Un champ de mitraille qu'on appelait Verdun.

Cette tranchée n'était pas la nôtre. C'était celle de l'ennemi. Celle des Allemands, où nous n'aurions jamais dû aller, et d'où, peut-être, nous ne ressortirions jamais. Pourtant, des Allemands, il n'y en avait plus guère. Ou bien réduits en bouillie, amas d'os et de chair sanglante exposés aux quatre vents. Les derniers avaient été délogés avec fracas par notre armée et s'étaient repliés quelques dizaines de mètres plus loin. Pour notre état-major comme pour la Nation tout entière, ce recul constituait une immense victoire, même si nous n'étions pas dupes et que nous savions, nous, les soldats de troupe, que ce succès temporaire ne servirait à rien.

Toute notre escouade était là. Il y avait Matteo, Tanguy et Luc. Et puis moi, bien sûr, et d'autres encore dont j'ai oublié les noms, mais pas l'odeur de peur, de poudre et de moisi qui émanait de leurs corps, ni même le vide de leurs regards, des regards vitreux et fixes où l'on pouvait lire la mort comme dans un livre et que j'allais retrouver plus tard sur les photographies collées aux tombes. Ceux-là étaient des défunts, des corps sans vie qui attendaient seulement qu'on les évacue vers des cimetières militaires où la multitude des croix dessinerait sur la ligne d'horizon des figures funèbres.

Le soleil se couchait à l'ouest. Il était peut-être six heures du soir, six heures et demie à tout prendre. L'heure de la brune. Bientôt il ferait nuit noire et nous serions plongés dans l'obscurité la plus totale. Nous n'étions plus que quatre hommes de la compagnie. Quatre survivants, c'était tout ce qui subsistait de l'Escouade des Braves.

Le plus jeune d'entre nous, c'était Tanguy Estève. Un simple soldat de seconde classe, grand et mince, les cheveux coupés ras tirant sur le blond, les yeux bleus, les traits presque aussi fins que ceux d'un enfant, et qui allait sur ses vingt ans. Le genre beau gosse qui devait plaire aux femmes. La preuve, il nous parlait souvent d'une veuve rencontrée avant la guerre, tenancière d'un bordel, et qui lui avait appris bien des choses polissonnes, elle et chacune de ses « employées », jolies comme des cœurs, à qui il avait donné un nom de fleur. Mais là, dans cette tranchée, cette veuve, ce bordel et ces filles de joie aux prénoms fleuris, il avait fini par les oublier. Les femmes n'existaient pas dans ce champ de mort, où elles n'avaient pas droit de cité.

Tanguy était du Sud-Ouest, né en décembre 1896 à Saint-Jean-de-Luz où il avait toujours vécu, et s'apprêtait à prendre la relève de son père, dans un atelier de tonnellerie, à forcer tout au long de la journée et à coups de maillet les cercles de fer sur les douves. À part les femmes, la tonnellerie, c'était tout ce qui l'intéressait. Le vin et l'amour. Une belle vie s'annonçait à lui, et un bien joli métier. S'il n'y avait eu la guerre.

Lorsqu'on lui demandait quand il comptait retourner à Saint-Jean-de-Luz, Tanguy répondait avec un large sourire :

– Bientôt.

Ce qui ne voulait rien dire. Mais au front comme ailleurs, on se raccrochait à ce qu'on pouvait. Un espoir, une illusion, un rêve. Un projet d'avenir. L'avenir, même au plus profond de l'horreur, demeure cette lueur irréelle qui nous maintient en vie.

Tanguy, en cet instant précis, c'était celui qui se prenait la tête à deux mains et qui reniflait et pleurait parce qu'il ne voulait pas mourir, non, pas tout de suite, pas maintenant, pas si vite, il était beaucoup trop jeune pour ça ! Pareil à un fauve blessé sentant la mort approcher, il rugissait encore. Seigneur parmi les seigneurs, alors que déjà se profilait l'ombre inquiétante des ténèbres, et que les ailes blanches des archanges volaient autour de lui, il se raccrochait à l'étincelle de lumière que diffusait en son cœur l'espoir de vivre encore. À son âge on refuse l'idée de la mort. C'était un enfant, Tanguy. Il était persuadé que la guerre allait se terminer *bientôt* et qu'il pourrait retourner chez les siens, fréquenter à nouveau le bordel de Saint-Jean-de-Luz, choisir l'une des filles qui se partageaient les clients et les jolis noms de fleurs, et pourquoi pas l'aimer, le lui prouver en la couvrant de cadeaux, de bouquets de roses, de rires, et lui faire l'amour si souvent qu'elle ne pourrait plus se passer de lui. Enfin l'épouser et finir lui-même par endosser l'habit respectable du compagnon-tonnelier marié et établi, ayant pignon sur rue, tranquille comme Baptiste, le jour au labeur, la nuit aux côtés de sa femme. Le bonheur simple et éternel, en somme.

Tout cela viendrait *bientôt*, il en était sûr, après ce cauchemar, après ce déferlement de morts pour rien.

Oui, « bientôt », c'était le mot magique dont il se gargarisait comme d'un sirop pour l'âme.

Tanguy tenait entre ses mains l'instrument de musique qu'il avait sculpté dans un morceau de bois et sur lequel il avait fixé une boîte en fer puis tendu quatre câbles d'acier. Un instrument dont il jouait le soir pour oublier sa peine. Je ne savais pas qu'on pouvait fabriquer un instrument de musique avec si peu. Il aurait pu être luthier, Tanguy, s'il n'y avait eu l'atelier de tonnellerie de son père, et cette foutue guerre. Il avait de l'or dans les mains. Il avait vingt ans. Et il ne voulait pas mourir.

Ensuite, dans l'ordre des choses et du temps – je veux dire dans l'ordre chronologique, en partant du plus jeune au plus âgé – venait Matteo Capitone. Qu'on appelait Matteo, ou le rital. Lui voulait qu'on l'appelle Matteo. C'était son droit, et son bien joli prénom lui allait comme un gant, lui qui semblait tout droit sorti d'une pièce de la Renaissance où il aurait fait une belle figure de Maure. Il avait les yeux et les cheveux d'un noir d'encre. Des dents d'une blancheur de vierge. Et l'œil rieur. Il avait vingt-cinq ans, même s'il faisait un peu plus que son âge, sans doute à cause de la musculature impressionnante que lui avait forgée son travail de maçon et qui le rangeait d'emblée dans la catégorie noble des lutteurs de foire.

Matteo était marseillais, ou presque, puisqu'il était établi à La Ciotat, rue des Mimosas, pas très loin du port et de la mer. Mais en vérité il était originaire d'Italie, d'un petit village près de Bari, dans la région des Pouilles où il avait vu le jour en août 1891, et où il retournerait peut-être, si Dieu lui prêtait vie. Finir ses jours dans ce paradis de soleil, d'oliviers et de lumière, à boire des liqueurs, à manger de la coppa et à jouer aux cartes assis sur la terrasse d'une petite maison qu'il aurait construite de ses mains, voilà ce dont il rêvait, Matteo, et aussi d'écouter le chant de la mer colporté par le vent de l'Adriatique, le visage tourné vers l'Orient et son croissant de lune argentée, grain d'or en suspens dans la mosaïque des étoiles.

Une force de la nature, Matteo, des mains puissantes, larges comme des battoirs, un cou de taureau, une voix rocailleuse. Et un étonnant charisme. Mais là, dans la tranchée allemande où nous étions embourbés, il n'en menait pas large, et n'était sa dignité d'homme, j'en suis certain, il aurait pleuré lui aussi toutes les larmes de son corps, jusqu'à se dessécher comme un arbre mort.

Il était agenouillé dans la boue et attendait, tout en jouant avec la pierre de son briquet. S'allumera. S'allumera pas. S'il s'allume trois fois de suite, j'en réchapperai. Sinon…

Le troisième s'appelait Luc, Luc Berger. Alias le Parisien. Né au printemps 1890, quelque part du côté de la butte Montmartre où il avait toujours vécu. Pas très grand, plutôt massif, les yeux bleus, les cheveux noirs, il possédait une sensibilité à fleur de peau.

Lui, c'était un artiste. Un vrai. Son métier, avant de venir au front, était de portraiturer les gens contre quelques pièces de monnaie, place du Tertre, à deux pas du Sacré-Cœur. Ou de peindre de grandes fresques pour les riches sur les murs des beaux quartiers de la capitale. Ou encore de réaliser des nus de femmes. C'est d'ailleurs comme cela qu'il avait rencontré la sienne, Nathalie, qui posait pour des peintres afin d'arrondir ses fins de mois.

À l'en croire, elle était une véritable gravure. Sur la photo qu'il avait conservée d'elle et qu'il portait en permanence contre sa peau, emprisonnée dans un médaillon d'argent, le visage était d'un ovale parfait, un de ces visages florentins que nous restituent sculptures et tableaux de la Renaissance italienne. Un front haut en contraste avec une chevelure sombre, deux grands yeux rieurs, des lèvres en pulpe de cerise, des joues en pomme et des dents de neige. Un visage qui fait songer au mystère de la beauté.

Nathalie Berger tenait un petit atelier de couture, dans le quartier du Marais, où elle confectionnait des bustiers pour les dames de la haute bourgeoisie. C'est là qu'elle attendait que la guerre se termine afin qu'on lui rende ce qu'on lui avait volé : le temps et l'amour.

Luc Berger. Du talent à revendre. Quand je dis que c'était un artiste, un vrai, je ne mens pas. En d'autres temps, et surtout en d'autres lieux, il aurait pu être sous la férule d'un mécène, et mentionné dans les catalogues officiels des musées. Mais la guerre et l'époque en avaient décidé autrement.

D'habitude, Luc dessinait avec tout ce qui lui tombait sous la main, crayon, morceau de craie, bâton noirci... Et sur n'importe quel support. La pierre, le bois, la boue, l'argile, la terre, quelquefois sur du papier lorsqu'il parvenait à en obtenir. Toute la journée, Luc dessinait. Des fresques inimaginables. Des croquis, des ébauches, des pastiches, des portraits, des paysages.

Là, étrangement immobile, au milieu de cette tranchée, il ne faisait rien, sinon regarder avec effroi ses mains trembler dans l'air glacé de la nuit qui tombait lentement sur l'horizon, comme un long voile noir teinté de sang. Lui aussi était à genoux, et je crois bien, à voir bouger ses lèvres, qu'il priait le Ciel de l'épargner.

Enfin, il y avait moi. Victorien Mars. Chef de section et responsable de cette mission. Les cheveux châtains, les yeux noisette. Je suis né à Lyon en 1889. J'allais avoir vingt-sept ans en mai, si Dieu me laissait arriver jusque-là, ce dont je doutais fort.

J'exerçais la profession d'horloger. D'ordinaire, je savais prendre la mesure du temps et des choses. Mais là, depuis le début du conflit, pour moi le temps s'était arrêté, cristallisé, comme si toutes les pendules du monde s'étaient bloquées sur un seul instant : celui de la haine.

Contrairement à mes trois compagnons agenouillés, j'étais debout dans cette tranchée, les mains derrière la tête. J'étais le plus expérimenté, et aussi le plus vieux des quatre. Pourtant, moi aussi j'avais l'estomac noué comme si je savais ma dernière heure arrivée. Je n'avais plus de fusil. Plus d'arme. Rien d'autre que cette peur chevillée au corps, ce goût âcre dans la bouche et cette chape de plomb sur les épaules qui m'empêchait d'avancer.

Le cinquième homme de cette tranchée de malheur était lui aussi un soldat de notre corps d'armée. Il avait le visage livide, presque exsangue. Les yeux hagards. Lui aussi était fébrile. Malgré le froid, son front était emperlé de sueur. Et pourtant c'était lui qui tenait le pistolet et qui allait décider de la suite.

Peut-être se demandait-il ce qu'il faisait là, au milieu de nulle part, dans cette fichue guerre à laquelle personne ne comprenait rien, peut-être songeait-il comme nous tous qu'il aurait été mieux chez lui, parmi les siens, ou dans les bras de sa fiancée... Mais je crois que, tout comme moi en cet instant précis, il n'avait plus de fiancée, il ne pensait plus à rien.

D'ailleurs, je n'ai pas eu longtemps à attendre pour m'en convaincre. L'homme a soudain appuyé le canon de son arme sur ma tempe droite. La sensation de l'acier froid m'a bloqué la respiration.

Un temps. L'homme devant moi n'était plus qu'une ombre imprécise et fuyante dont je n'apercevais que les contours. Seul le canon de l'arme sur ma tempe me semblait réel. Le reste était pur cauchemar.

L'homme a dégluti. Puis il a ôté la sécurité de son arme. Alors j'ai fermé les yeux et j'ai attendu.

Quoi ? Je ne sais trop au juste. La fin, la délivrance, le vertige, le dernier instant sur cette Terre. Oui, je crois que j'attendais la fin.

Cette histoire commence comme ça. On est tous les cinq dans cette tranchée qui n'est pas la nôtre. Trois agenouillés au sol et deux debout.

J'ai un pistolet sur la tempe.

De l'autre côté du pistolet, il y a un soldat français.

Et j'attends qu'il tire.

Si je prends la parole, c'est que j'étais là. Au cœur d'une histoire et d'une période de l'Histoire auxquelles je n'entendais rien. Je n'avais pas grand-chose à y voir, si ce n'est que j'avais toutes les chances de mourir, tout comme les millions de victimes de ce conflit inutile.

Raconter, dire, c'est là, je pense, ma seule chance d'exorciser ce que j'ai vécu et qui me pèse encore après toutes ces années. Raconter ma traversée du no man's land, ce que j'y ai vécu, ce que j'y ai perdu, et surtout ce que j'y ai appris et qui représente un grand pan de ma vie. Dans des temps aussi troublés, même avec un revolver sur la tempe, on finit par apprendre bien des choses.

C'était l'époque qui voulait ça. La guerre, c'est un temps à ne pas mettre un homme dehors, à crever de faim, à ne rien espérer, et encore moins à espérer survivre. Mais c'est aussi un temps idéal pour apprendre, devenir mature, vieillir plus vite que son âge.

Il faut avouer que tout le pays pensait que cela se ferait sans peine, en quelques offensives rondement menées, et qu'ensuite tout rentrerait dans l'ordre, on pourrait enfin passer à autre chose. On voulait simplement se venger d'un autre conflit, celui de 1870, et donner aux Allemands une cuisante leçon. Mais rien ne s'est déroulé comme prévu. Rien.

Qu'on me comprenne bien. Je suis horloger. Je ne prétends pas avoir plus de talent qu'un autre pour raconter. Seulement, j'étais là. La mort me regardait dans les yeux, comme pour m'inviter vers l'autre côté du monde, vers les ténèbres où tant d'êtres chers m'attendaient. Avec en mémoire le visage d'une femme, et d'autres visages encore, ceux de mes compagnons de route disparus.

Aujourd'hui, il n'y a plus que moi pour établir ce constat. Moi seul face à tout ce qui s'est passé et qui résonne dans mon crâne comme le fracas du tonnerre. Alors, je vous le demande, que pouvais-je faire d'autre qu'écrire ?

Certains ont l'intelligence des mathématiques et des sciences, d'autres celle du commerce et des affaires, d'autres encore excellent dans l'art de créer. Moi, j'ai la mémoire des émotions. Je suis un collectionneur d'un genre particulier. Je conserve, bien rangés, sériés, dans la bibliothèque de ma mémoire tous les ressentis que j'ai récoltés et qui ont traversé ma vie. Tout ce que j'ai vécu est resté gravé en moi et constitue un catalogue de sensations, un livre ouvert que je feuillette chaque fois que j'en éprouve le besoin. On y trouve la peur, le dégoût, la colère, la haine. Mais aussi la joie, l'amitié, l'amour.

Tout ce qui remplit une vie. Et aussi tout ce qui la termine.

Mais au moment de mourir, je crois que je me souviendrai encore du contact de l'acier froid contre ma tempe, en ce jour d'avril 1916, à Verdun. J'étais face à l'ennemi. Et il était dans mon propre camp. C'est pour exorciser cet instant fatal que j'écris ce livre.

Pour comprendre comment on en est arrivé là, à cette scène macabre dans une tranchée ennemie à Verdun, à la fin, à la toute fin de l'histoire, je dois d'abord remonter le temps comme on remonte le cours d'un fleuve au long de ses méandres, et me reporter au 3 août 1914, à midi. Le jour et l'heure où, avec une précision toute militaire, j'ai reçu mon ordre de mobilisation.

Remonter le temps, cela me connaît. Je suis horloger. Les heures, les minutes, les secondes, c'est mon rayon. On dit que l'exactitude est la politesse des rois, c'est faux. C'est l'apanage des membres de ma corporation, et je m'en voudrais de déroger à la règle. Dans la vie, si chaque seconde compte, seules certaines revêtent une importance particulière : les toutes dernières, par exemple, celles qui vous séparent de la mort. Celles-là semblent s'étirer à l'infini, comme si le temps ralentissait sa course pour nous donner la mesure du trépas. Le grand saut. La seconde ultime.

Ce 3 août 1914, pourtant, je ne songeais qu'à vivre.

J'étais retranché dans mon petit appartement du 8e arrondissement de Lyon, à ne penser à rien qu'au labeur quotidien, aux petits plaisirs de l'existence, occupé surtout à ne pas me faire de mouron. Et cependant, comme en prémices à la catastrophe imminente qui nous attendait, il faisait si chaud ce jour-là qu'on se serait cru dans les couloirs de l'enfer. Depuis quarante-huit heures, des affiches aux accents de patriotisme avaient été placardées un peu partout, sur les façades des mairies, des écoles, des préfectures, nous apprenant que la France et l'Allemagne étaient entrées en guerre.

C'est un simple courrier qui est venu dérégler la tranquillité de ma vie d'horloger. Un courrier de l'Administration française, plus précisément un pli du ministère de la Guerre, et qui m'annonçait que j'étais mobilisé, comme tous les autres couillons de mon espèce, m'ordonnant de rallier le dépôt militaire le plus proche afin de m'y inscrire et d'« accomplir mon devoir de réserviste ». Bien entendu il me fallait être heureux de prendre les armes et de faire subir aux boches une défaite dont ils se souviendraient longtemps.

Ébranlé par cette terrible nouvelle, j'ai déambulé dans l'appartement à la recherche d'un peu de fraîcheur, j'ai ouvert les fenêtres en grand pour faire courant d'air, me suis passé un peu d'eau sur le visage, mais rien n'y faisait. Taraudé par l'angoisse, j'ai décidé de déboucher une bouteille de clairette et de boire cul sec trois verres d'affilée, assis à la table du salon, les yeux hagards plongés dans le vide. C'était, me semblait-il, la seule manière de reprendre mes esprits et de faire passer la pilule amère que l'Administration française m'avait coincée dans la gorge.

Face à moi, sur l'étagère en chêne que j'avais fabriquée de mes mains, trônait un cadre en palissandre avec, à l'intérieur, la photographie en sépia d'un visage de femme, juvénile et affable, qui souriait à la vie. D'une main tremblante, j'ai caressé ce visage comme je le faisais naguère lorsque la vie était belle, et que l'odeur de son parfum m'enivrait comme un vin subtil et puissant, un de ces vins couleur d'armoise que nous buvions ensemble dans une taverne des bords de la Saône.

– Apolline…, ai-je gémi en fermant les yeux pour mieux me remémorer sa présence.

À côté du portrait s'étalait ma collection de montres, pendules, cartels et horloges, véritable trésor de pièces rares que l'incendie du soleil illuminait d'une flamme dorée. L'une d'elles, et qui avait ma préférence, était une montre à gousset de couleur vermeille, dont le couvercle se soulevait, et à l'intérieur duquel j'avais emprisonné une boucle de cheveux d'un brun mordoré ainsi qu'une minuscule photographie de femme, réduction au centième du portrait en sépia.

Contempler tout cela évoquait désormais un horrible gâchis. Je savais que je ne passerais plus mes journées penché sur ce portrait, à raviver le passé ou à détailler ces merveilles de mécanique, à réparer un remontoir, à graisser un pignon ou à huiler un engrenage. Les jours prochains, je serais vêtu d'un uniforme et j'aurais un fusil à la main. Étrangement, c'est peut-être cela qui me coûtait le plus en cet instant précis : savoir qu'il me fallait abandonner mon passé et mon métier, ainsi que la paix et la quiétude qui les accompagnaient.

Depuis, je dois dire que j'ai connu bien des déboires, j'ai même fini par oublier cette adresse aux accents de paradis, ce havre de paix qui appartient à un passé révolu. J'ai même du mal à croire que ce monde-là, de délices et de tranquillité, a jamais existé. C'est pourtant l'implacable vérité. Le monde était plus beau avant.

– Ce n'est rien, m'a confié mon patron, M. Georges, lorsque je lui ai rendu visite à la boutique d'horlogerie de la place Bellecour pour lui apprendre mon départ imminent. Tu reviendras bientôt. La guerre ne va pas durer…

M. Georges, Antoine de son prénom, avait connu la guerre de 1870. Il était bien vieux, désormais, mais jamais il n'avait voulu céder la place à qui que ce soit, en affaires comme au front. Il était d'un temps où l'on mourait, la baïonnette au canon et le chant patriotique aux lèvres, simplement pour l'honneur.

C'était un petit homme à la voix brisée par l'excès de tabac, mais qui compensait par un regard pétillant et des gestes vifs, s'agitant en tous sens comme s'il était pris de frénésie. Lui croyait encore à toutes ces valeurs décolorées : le courage, la gloire, l'honneur, valeurs auxquelles j'accordais alors bien peu d'importance.

– Je ne sais pas, ai-je répondu, si la guerre va durer ou non. Ça ne sera peut-être pas aussi rapide qu'on le prétend. Mais si je pouvais choisir, je resterais avec vous, ici, à la boutique.

M. Georges, lui, ne l'entendait pas de cette oreille. Pis encore, mon attitude défaitiste le consternait. Décidément, cette jeunesse manquait de nerf et de sang.

– Allons, Victorien, tu ne vas pas faire honte à ton pays ? Souviens-toi de l'Alsace et de la Lorraine !

Comme je restais muet, il me prend par le bras et me contraint à le suivre dans l'arrière-boutique. Là, au milieu d'un fouillis extraordinaire, parmi les horloges à cylindre, les toquantes, les jacquemarts, les pendules, les œils-de-bœuf, les balanciers, les chaînes, les barillets, les poussoirs, les engrenages et les cadrans de toutes sortes, il parvient à mettre la main sur l'objet qu'il cherchait. Un sabre à lame courbe, protégé par un étui dont le cuir, exhalant un parfum de renfermé, est déchiré et fendu à plusieurs endroits. Sur le pommeau de l'arme en acier torsadé, on peut lire ces deux mots gravés à la main : *Tolède 1818*.

M. Georges a fait jaillir le sabre de son fourreau et l'a exhibé d'un air triomphant. La lame, damasquinée, avait conservé les fines ciselures de filets de cuivre, d'or et d'argent que l'artisan espagnol, véritable orfèvre, y avait incrustées.

– Celui-là, m'a-t-il assuré, a découpé plus d'un uhlan, tu peux me croire ! Je le tiens de mon grand-père, et m'en suis moi-même servi pour combattre les Prussiens.

Il m'a tendu le coupe-chou, comme s'il s'agissait d'une relique.

– Tiens ! Il est pour toi.

J'ai reculé, un peu effrayé, car cette arme me semblait

encore tachée du sang de ceux qu'elle avait pourfendus, et la simple idée de la tenir en main m'horrifiait.

– Je ne sais si je dois accepter…

M. Georges a froncé les sourcils, surpris par tant de méfiance.

– Prends-le, je te dis ! Avec ça, tu es sûr d'en revenir, de la guerre.

Je me suis saisi du sabre avec prudence. Il était très lourd, ce qui prouvait la qualité de son acier, mais aussi son peu de maniabilité. Je savais pertinemment que je ne m'en servirais jamais, mais pour ne pas vexer mon patron, j'ai accepté ce cadeau un peu encombrant.

– C'est un très grand honneur que vous me faites, monsieur Georges…

Le vieil homme, ravi, a arboré un large sourire qui irradiait sa fierté. Il ne tenait plus en place et, à l'image des pendules et des montres qu'il réparait à longueur de journée, il semblait monté sur ressorts.

– Avec ça, tu es intouchable. Je peux te le certifier !

Je n'ai rien répondu. D'ailleurs, qu'aurais-je pu répondre ? Que dire à cet homme si allègre et si confiant ? Que je voulais revenir vivant de la guerre ? On s'en doutait un peu. C'était le lot de chacun, même si personne ne l'avouait encore. Qu'en revanche je n'avais guère le goût du sang, et pas davantage le désir de tuer un autre homme ? ennemi ou pas ? Là, on flirtait avec la trahison. Comment expliquer à M. Georges qu'en somme je n'avais guère l'âme d'un soldat ?

Outre le fait d'aller me battre, j'avais l'intuition qu'en

moi se déroulait un autre combat. Sombre et violent, flamboyant et fiévreux. Je n'étais pas préparé psychologiquement à passer d'une boutique d'horlogerie à un champ de bataille. Je n'étais pas prêt à tuer. Il n'y avait que les patriotes comme M. Georges pour ne pas voir ce genre de chose, pour minimiser les conséquences d'un tel changement de vie. La vérité, c'est qu'on en était tous là, à crever de peur, mais l'orgueil et la fierté nous obligeaient à n'en rien laisser paraître. On allait finir par la faire, cette guerre, sans en comprendre les raisons, même si elle devait nous mener vers un joli cercueil en bois clair avec quatre poignées en laiton.

Avant de quitter la boutique de M. Georges, muni de ma nouvelle arme qui était censée me rendre invulnérable, j'ai remercié une dernière fois mon patron de sa sollicitude et de sa prévenance à mon égard.

– Ne me remercie pas, Victorien. Avec ça, tu leur reprends l'Alsace et la Lorraine en trois semaines et la messe est dite !

Il a eu un sourire d'enfant en clamant ces paroles héroïques, un enfant qui croit encore aux miracles et que les belles promesses des généraux conduisent d'un pas serein au sacrifice. J'ai souri à mon tour, mais le cœur n'y était pas. J'ai peu de goût pour le calvaire et la crucifixion. Je n'ai pas, hélas pour mon pays, l'âme d'un martyr.

L'Alsace et la Lorraine. Décidément, il y tenait à ces deux provinces où, à ma connaissance, on s'était toujours réclamé davantage de l'allemand que du français. Pour ma part, je n'aurais rien changé à la géographie de nos frontières, que chacun reste chez soi et qu'on passe à autre chose. Je n'avais rien d'un guerrier, je le répète, même si le poids du sabre que je portais m'apparentait à un gladiateur dont la mort imminente allait divertir tout un peuple enlisé dans l'ennui, et que seul un réveil sanglant pouvait sortir de sa léthargie.

Avant de quitter mon patron, je lui ai adressé un signe de la main, furtif et distrait, comme si je le quittais le temps d'une pause, et que j'allais revenir bientôt. Puis, avant de lui laisser le temps de deviner ma détresse et mon désarroi, je me suis enfui de la boutique sans me retourner.

Sur la place Bellecour, devant les immeubles écrasés de soleil, quelques badauds riaient aux éclats au spectacle de Guignol qu'un forain mettait en scène derrière son théâtre de poche. Plus loin, un hercule de foire s'évertuait à plier des barres de fer sous le regard ahuri des passants. Le marchand de glaces était aux anges : une ribambelle d'enfants se pressaient auprès de lui, lui tendant comme un trésor leur pièce d'un sou. Il régnait dans l'air un parfum de fête.

Ce furent mes dernières images du monde d'avant.

Pour moi comme pour les hommes de ma génération, celle des années 1890, la folie du nouveau siècle a peu duré. Les années 1910 ont très vite eu un parfum de guerre. En 1913, une odeur de soufre envahissait déjà l'Europe. L'assassinat de l'archiduc François-Ferdinand, héritier du trône d'Autriche-Hongrie, perpétré par un anarchiste serbe à Sarajevo, le dimanche 28 juin 1914, n'a été que l'étincelle qui a enflammé la poudrière sur laquelle nous étions assis. La guerre, elle, était déjà là, tapie dans l'ombre, n'attendant qu'un prétexte pour éclater.

C'est Hortense, ma sœur aînée, qui m'a fait comprendre tout cela, à quelques heures du départ pour le front. Elle aussi qui m'a procuré ma première angoisse de soldat, comme si j'en avais besoin, comme si je ne me rongeais pas assez les sangs.

Hortense. Ma sœur qui avait été belle, mais que les vicissitudes de l'existence avaient assombrie et fanée comme une fleur trop tôt coupée et dont le parfum, à trente ans à peine, s'était évanoui depuis longtemps. Ses cheveux noirs tiraient désormais sur le gris, ses joues s'étaient creusées, crevassées, ridées, et son regard, dont la lueur m'avait longtemps fasciné, s'était peu à peu teinté d'amertume.

Nous étions dans la matinée du 5 août 1914, à la terrasse d'un café de mon quartier, lorsque j'ai annoncé à Hortense que je partirais avec les premiers appelés, c'est-à-dire le soir même. En disant cela, une lueur de fierté a dû traverser mon regard, cette même lueur que j'avais cru déceler dans les yeux de M. Georges. Sans doute l'espoir de l'héroïsme.

– Je ne comprends pas ton attitude, Victorien, s'est étonnée Hortense. Cette nouvelle semble te réjouir. Je croyais, au contraire, que la guerre te faisait horreur.

– Rien n'a changé. Mais crois-moi, plus tôt on en aura fini avec tout ça, et mieux ce sera.

Hortense m'a adressé un regard dans lequel je pouvais lire l'étonnement. Et un brin d'admiration.

Ce que je n'osais lui avouer, c'est que ce qu'elle prenait pour du courage n'était en fait que peur déguisée. J'avais peur d'aller à la guerre, mais j'avais encore plus peur qu'on le devinât.

– Et puis, ai-je ajouté pour changer de conversation, comme ça tu pourras occuper mon appartement à ta guise le temps de mon absence.

Depuis la mort de son mari, accidenté du travail sur un chantier de construction, ma sœur vivait seule dans un réduit du centre de Lyon, avec pour tout revenu une maigre pension qui suffisait à peine à la nourrir. Au moins, chez moi, bénéficierait-elle de tout le confort et, surtout, de l'eau courante et de l'électricité.

Hortense a paru surprise, presque blessée par mes paroles. Elle a pris sa tasse de verveine encore brûlante entre ses mains et a bu à petites gorgées, sans rien dire. Puis elle l'a reposée sur la table de marbre, s'est redressée sur sa chaise, et a répondu d'une voix sans appel :

– Je te remercie de ta sollicitude, Victorien. Mais je suis habituée à ma condition de veuve. Et puis cela me gêne. Tu as trop de souvenirs dans cet appartement.

J'ai posé ma main sur la sienne, puis d'un ton qui se voulait catégorique :

– Je t'en prie. Ne sois pas idiote.

Elle a sursauté, aiguillonnée par l'insulte.

– Je pense être suffisamment grande pour savoir ce que j'ai à faire.

– Bien sûr, Hortense. Mais tu es orgueilleuse. Et il n'y a aucune honte à ne pas avoir d'argent. C'est arrivé à bien d'autres, et qui étaient plus fiers que toi.

Prise au dépourvu, elle n'a pas rétorqué. Je me suis alors précipité dans la brèche.

– Tu seras mieux chez moi, tu verras. Tu pourras même t'installer dans ma chambre, si tu le désires. D'ailleurs, il n'y en a pas d'autre.

Hortense, cette fois, m'a gratifié d'un sourire, mais son visage a gardé un air soucieux, comme si elle apparentait ma générosité à de la pitié.

– C'est très gentil à toi, Victorien. Mais es-tu certain d'être obligé de partir si vite ?

– Il le faut bien.

– Tu peux peut-être demander un report de quelques jours.

– Je ne crois pas qu'on l'acceptera.

– Dans ce cas…

Hortense, un peu désabusée, a levé au ciel ses yeux que la lumière avait teintés d'or et d'argent, un ciel d'un bleu azur où la lune, encore visible en plein jour malgré l'ardeur du soleil, avait pris l'aspect d'un écu couleur de cobalt.

– Je pense obtenir ma première permission avant Noël, ajoutai-je en souriant.

– Si tu ne te fais pas tuer d'ici là, Victorien, a répondu Hortense du tac au tac.

La phrase a résonné à mes oreilles comme une sentence. J'en ai eu le souffle coupé pendant de longues secondes. Et pourtant, je dois admettre que ma sœur avait raison. Je partais à la guerre, pas en manœuvres. Ce café dans lequel je me sentais si bien, cette place que je traversais tous les jours, cette ville que j'aimais tant, les reverrais-je un jour ?

– Je ferai attention, Hortense, mais on ne sait jamais ce qui peut se passer… en effet.

Elle a deviné que ses paroles m'avaient blessé et en a paru troublée.

– Je suis désolée, Victorien. J'ai été maladroite. Bien sûr que tu vas revenir… Tu as eu assez de malheurs comme ça… (Elle a ajouté :) Tu songes encore à Apolline…

– Je t'en prie, Hortense, ne parlons plus de ça…

Pour cacher notre désarroi, nous nous sommes tus longtemps. Puis nous nous sommes levés de concert et avons quitté la terrasse du café.

À mon appartement, Hortense s'est conduite en maîtresse des lieux. Et autant pour me faire plaisir avant mon départ que pour me prouver qu'elle acceptait ma proposition, elle s'est affairée aux fourneaux, à cuisiner un bon repas, tandis que je préparais mon barda en sifflotant.

Ce fut mon dernier déjeuner en compagnie d'une femme. Il y avait là du boudin blanc, de la purée de céleri, un gratin de blettes et une miche de pain frais, le tout arrosé d'un brouilly aux senteurs de framboise. Et, face à moi, le sourire d'Hortense me faisait autant de bien, si ce n'est davantage, que ces ultimes douceurs.

Au moment de me lever de table, j'ai ressenti une grande fatigue, comme si j'avais trop abusé des bonnes choses. Une sieste s'imposait. Je me suis réfugié dans ma chambre et, étendu sur mon lit, je suis tombé dans un profond sommeil.

Lorsque je me suis réveillé, il était l'heure de partir. Après quelques ablutions, j'ai pris mon barda sur l'épaule, résolu à me rendre à pied à la gare. Un trajet d'une demi-heure, qui ne pouvait me faire de mal avant les longues heures de confinement dans le train.

Avant de quitter l'appartement, j'ai contemplé une dernière fois ma collection de montres et d'horloges, ainsi que le portrait couleur sépia. J'ai choisi de n'emporter avec moi que la montre à gousset renfermant la mèche de cheveux et la minuscule photographie, une montre que j'ai serrée dans la poche droite de ma veste. Puis, sur un soupir, je suis sorti sans me retourner.

– Ne va pas te croire plus vaillant qu'un autre, m'a confié Hortense sur le palier de l'appartement. Et reviens-moi vite !

J'ai tapoté mon sac d'où dépassait le sabre de M. Georges en expliquant qu'avec ça je ne craignais rien. Hortense n'a pu s'empêcher de rire.

– Tu ne vas tout de même pas emporter ce truc avec toi ?

– Qu'est-ce que tu veux que j'en fasse ? Et puis c'est sacré, une arme pareille, M. Georges ne comprendrait pas que je...

Avant que je puisse finir ma phrase, elle s'était emparée de l'arme, retournait en hâte dans le salon et la rangeait dans le vaisselier, parmi les couverts en argent et les plats en porcelaine.

– Voilà, tu le retrouveras à ton retour, ton maudit sabre ! a-t-elle conclu en m'embrassant. Maintenant, file, tu vas être en retard.

Je l'ai embrassée à mon tour, une dernière fois, persuadé que ce baiser d'adieu me porterait chance.

Le soir même, après un bref passage au dépôt militaire du quartier pour troquer ma tenue de civil contre un uniforme, j'ai pris le train pour Paris. Aux Brotteaux m'attendait un convoi spécial, réquisitionné par l'armée. Plusieurs centaines d'hommes en uniforme s'entassaient dans les wagons, de jeunes appelés qui tous pensaient que la guerre ne durerait pas. Au fond, pour la plupart, c'était comme si les grandes vacances se prolongeaient un peu, sans doute jusqu'à la fin de l'été, voire jusqu'à l'automne. Et chacun, du baume au cœur, se sentait embarqué sur le navire Argo, en quête de la Toison d'or, fût-elle simple gloire posthume. La guerre nous paraissait encore si loin…

J'ai couru le long du quai, sous les vivats et les acclamations des jeunes soldats en attente qu'un tel chambardement mettait en émoi.

– On les aura ! s'écriaient-ils, comme s'il s'agissait de se rendre à une compétition sportive.

Je ne partageais ni leur enthousiasme ni leur optimisme, mais, sans doute par mimétisme, je me surpris plus d'une fois à leur renvoyer un large sourire et à me joindre à leurs certitudes. Enfin, au bout du quai, la foule s'est faite moins dense, l'émotion ambiante moins palpable et l'ardeur moins vive. J'ai grimpé dans un wagon. Un instant plus tard, l'employé des chemins de fer a donné le signal du départ, un sifflet strident a retenti, et dans un fracas extraordinaire le train s'est ébranlé... obligeant les retardataires à s'engouffrer au plus vite dans le premier wagon venu.

Mon compagnon de voyage était un bon bougre à moustache, rondouillard et plutôt sympathique. Il s'appelait Alphonse, Alphonse Espérandieu. Un drôle de nom pour un drôle de personnage. Un gars du Sud-Ouest, bavard comme une pie et le visage éclairé en permanence par un large sourire. C'était de surcroît un conscrit. Nous étions nés la même année, à quelques jours de différence, lui en avril, moi en mai, élevés tous deux au jus de la treille, lui dans le Minervois, moi dans les Côtes-du-Rhône. Dès qu'on a su ça, l'un en face de l'autre, à regarder défiler le paysage par la fenêtre de notre compartiment, on a engagé la conversation.

– Cette fois, on y va, c'est certain ! a-t-il commencé en rigolant comme une baleine.

Et à chaque fois qu'il riait, tout son corps tressautait, comme pris de tremblements.

– Où donc ? ai-je demandé, surpris de le voir hilare à l'idée de se retrouver bientôt face à l'ennemi.

– Flanquer la dérouillée aux boches ! s'est-il esclaffé en claquant les mains sur ses énormes cuisses. Ces salauds-là méritent une sévère correction. Et puisque Dieu est avec nous…

Ainsi, lui aussi, comme tous les autres, n'avait aucune conscience du danger. Il était remonté à bloc, sûr de son bon droit, et prêt à en découdre. Pour lui, partir au front, c'était un peu comme aller en croisade. Les territoires de l'Est fleuraient bon Saint-Jean-d'Acre et Jérusalem. Le Ciel nous protégeait et les Allemands, c'est sûr, allaient bientôt essuyer les foudres célestes.

– Tu vas voir, on va leur donner une de ces leçons !

Je n'ai rien répondu. Je n'avais pas le cœur à le rendre mélancolique. D'autant qu'il se révéla un excellent compagnon de voyage. Il ne manquait rien dans son havresac : charcuterie, pâté, cornichons, oignons, pain et un litron de madiran, un curieux vin de messe, noir comme le diable. J'avais de mon côté des œufs et du jambon que m'avait empaquetés Hortense, ainsi qu'une bouteille de gnôle que j'avais gardée en cas de coup dur. On a partagé tout ça en devisant de tout et de rien. Un vrai festin de roi.

– Et tu crois vraiment, toi, en Dieu ? l'ai-je questionné une fois le pâté de lièvre terminé, qui s'était révélé fameux.

– Avec un nom pareil, forcément, ça aide. Espérandieu, ça sonne bien, non ?

Il m'a adressé une œillade et, tout en avalant une bouchée de pain et de saucisson, il a dégusté une gorgée de vin, avec délectation, puis a ajouté d'une voix égrillarde :

– Espérandieu, c'est le patronyme idéal pour se faire ouvrir les portes du paradis !

Et le voilà reparti à rire. J'ai acquiescé à ce bon mot et Alphonse, tout le temps du voyage, a arboré cette mine réjouie qui était sa nature profonde. Au fond, je l'ai très vite compris, cet homme ne savait que rire de la vie. Il ne pouvait terminer une phrase, fût-elle sinistre, sans s'esclaffer. Il en existe, de ces compagnons-là, qu'un rien divertit. C'est une chance que la vie vous accorde ou non. Et qui permet de repeindre en pastel un ciel déjà bien noir.

À force de le voir rire, moi qui ne suis pas très contrariant, j'ai fait de même. Il faut dire aussi que l'alcool commençait à me tourner la tête et à me réchauffer l'âme. On aurait dit deux étudiants partant en goguette. Mais les rires et les vapeurs de l'alcool ne durent qu'un temps, et il a bien fallu redescendre sur terre.

– Pour le paradis, on verra plus tard, mon bon Alphonse. En attendant, on ferait bien de prendre des forces et de dormir un peu.

Après plusieurs heures de trajet à travers la campagne, à tenter de fermer l'œil entre deux cahots et deux sifflements de locomotive, nous sommes enfin arrivés à Paris. Là, sur le quai de la gare de Lyon, il a bien fallu nous quitter. Nous n'appartenions pas au même régiment, nous n'avions pas reçu la même affectation. Lui se dirigeait vers le nord, moi vers l'est.

Nous sommes restés longtemps debout, l'un en face de l'autre, à l'ombre des verrières opaques qui nous protégeaient du soleil, à écouter le cœur de la cité battre d'une fureur guerrière que l'étrange immobilité de nos corps rendait plus troublante encore.

Au moment de partir, Alphonse a eu un dernier élan :

– Je suis heureux d'avoir fait ce voyage en ta compagnie, Victorien. Et surtout d'avoir partagé ce madiran avec toi. Ça restera un bon souvenir.

– Moi aussi, Alphonse, je suis content de t'avoir rencontré. Et j'espère qu'on en aura d'autres, des souvenirs comme celui-là.

– Pour ça, tu peux compter sur moi ! Des bouteilles, j'en ai plein la cave. Si tu passes un jour du côté de Carcassonne, tu me fais signe !

Un nouveau rire, suivi d'un silence gêné, puis une poignée de main franche et vigoureuse, et chacun s'est tourné vers son destin.

Je ne l'ai jamais revu, cet Espérandieu, et par malheur pour moi, je n'irai jamais à Carcassonne visiter la cave qui m'était promise. De cet homme charmant ne demeure que le souvenir d'un visage à peine esquissé, déjà effacé par le temps, une voix de rocaille empreinte de franchise, ainsi que le goût puissant et subtil d'un vin du Sud-Ouest charpenté comme une belle femme.

Alphonse Espérandieu, j'en ai l'assurance aujourd'hui, n'a jamais mesuré l'horreur de naître dans un siècle balbutiant, et encore moins l'horreur d'y survivre. Il est mort dès les premiers jours du conflit, dans un accident stupide, écrasé par une carriole chargée jusqu'à la gueule de caisses de munitions. Du moins, c'est ce que j'ai appris bien plus tard, lorsque j'ai tenté de le retrouver. Une mauvaise farce de la vie dont, pour une fois, la seule sans doute, il n'a pas eu le temps de rire.

Alphonse Espérandieu. J'espère simplement que son nom lui a servi à quelque chose, et qu'au moment de mourir, Dieu, dans Sa miséricorde, lui a ouvert les portes du paradis.

Le lendemain matin, après un nouveau voyage en train, je suis arrivé en gare de Nancy sous un ciel de cuivre liquide comme une grande flaque d'or. De là, sans attendre, et malgré la fatigue de la nuit qui commençait à peser sur mes épaules comme un habit trop lourd, un de ces habits de misère que revêtent les pauvres hères, nous avons été acheminés à pied jusqu'à la caserne qui se trouvait un peu en dehors de la ville. Quelques passants, et aussi des hordes de gamins n'ayant rien de mieux à faire, nous ont accompagnés tout le long du trajet en nous prodiguant leurs encouragements, certains, plus patriotes que d'autres, nous offrant un biscuit, une tasse de café ou un verre d'eau.

Ensuite, ça n'a pas traîné car la guerre attendait. Après un bref passage au bureau des inscriptions où chacun a décliné son identité et reçu son affectation – au vu de mon ancienneté et sans doute par manque d'effectifs, j'ai été nommé au grade de caporal –, il y a eu le rassemblement dans la cour : lever des couleurs, salut au drapeau et, pour clore le tout, le discours d'accueil du commandant.

Glacial, le discours. Le commandant, on l'avait deviné d'emblée, n'était pas vraiment là pour nous divertir, mais de là à nous accueillir de la sorte... En quelques mots bien choisis, et qui ont fait mouche, il a annoncé à ses nouvelles recrues que se sacrifier pour la patrie était un devoir et un honneur et que, grâce à notre engagement dans l'armée française, et surtout grâce à ce conflit, nous allions devenir des héros. En somme, selon lui – et je dois avouer que je partageais nettement moins son point de vue –, nous avions beaucoup de chance de nous trouver là.

Après ce discours qui a jeté un froid, on est entré dans le vif du sujet. La première étape de notre parcours de soldat a débuté par une séance chez le coiffeur. Quand je dis coiffeur, il ne faut pas imaginer un salon à la mode avec tout le mobilier et le matériel prévus à cet effet. Ici, rien de pareil. Pas de fauteuil, pas de miroir, et encore moins de collection de ciseaux, de peignes, de brosses ou de pommades. Juste un tabouret posé au milieu de la cour, un volontaire – qui dans le civil devait être plombier ou mécanicien – préposé à la tondeuse et devant lequel les soldats défilaient à la vitesse d'une mitraillette. Trente secondes par soldat, trois millimètres sur le crâne et un coup de pied au cul en guise d'encouragement pour aller voir plus loin si, selon les rires que déclenchait votre nouvelle coupe dans les rangs des bidasses, vous aviez l'air d'un couillon ou pas. On laissait la place au suivant.

C'était la règle.

Après quoi, on a donné à chaque tondu une plaque d'identité, quelques affaires de rechange, ainsi qu'une arme, un *lebel*, attributs censés faire de nous des militaires à part entière. Avec ce fusil, se sont levés les derniers doutes sur notre avenir : nous allions bientôt combattre.

Le soir, avec quelques camarades de chambrée, j'ai été parmi les premiers « pantalons rouges » à déambuler le long des avenues de la ville, et à boire une liqueur en terrasse, place Stanislas, à l'ombre des arbres centenaires dont le feuillage, en cette soirée caniculaire, apportait une relative fraîcheur. Et là, avec mon képi et mon uniforme, tout de bleu et de garance, je me suis senti fier comme un jeune coq, surtout lorsque les premiers badauds qui ont croisé notre chemin nous ont salués avec le plus profond respect, et qu'une demoiselle qui nous couvait des yeux nous a offert son sourire – un sourire si chaleureux que je l'ai reçu comme un trait de lumière en plein cœur. Chapeau bas, courbettes, et tout le tintouin. Jusque-là, être militaire nous coûtait peu et nous apportait bien de la considération. Mais je savais que cela n'allait pas durer et qu'après une si belle entrée en matière, il y aurait des lendemains qui déchantent.

Les jours suivants, j'en ai eu la preuve lorsque les permissions ont été annulées par le commandant. Dès lors, nous sommes restés confinés dans la caserne, à faire nos classes, loin des promenades au clair de lune. Des exercices, des corvées, des manœuvres à n'en plus finir, sans oublier l'entretien des armes et du matériel, tout cela dans le respect du code militaire que nous devions apprendre par cœur. Fini les balades sur les avenues et les parades place Stanislas sous le regard des jeunes filles énamourées qui guettaient avec convoitise nos beaux uniformes au détour des rues. Désormais, nous étions des soldats, et le resterions jusqu'à la fin de la guerre.

Dès le 24 d'août, nous avons reçu l'ordre de partir à la rescousse de l'armée française battant en retraite sur la forteresse naturelle de Morhange, entre les bassins de la Seille et de la Sarre. En quelques jours d'offensive, les Allemands s'étaient rendus maîtres des principales places fortes de la région, et leur avancée triomphante ne laissait pas d'inquiéter nos généraux ainsi que la population civile qui se sentait chaque jour plus menacée.

– C'est donc les ennuis qui commencent ? m'a demandé une bleusaille au sortir du mess, alors que nous venions d'apprendre de la bouche du commandant que notre régiment avait été désigné pour partir sur le front de l'Est.

– Oui, je crois. En tout cas, on n'a plus le choix : il va falloir se battre.

– Depuis le temps que j'attendais ça ! C'est mes parents qui vont être fiers de moi. Dans la famille, on n'a jamais pu blairer les boches !

J'ai regardé ce gamin de dix-neuf ans avec des yeux remplis à la fois de colère et de pitié, cet homme-enfant à qui on avait inculqué la haine de l'Allemand, si tôt, si jeune. J'ai compris que, décidément, la situation ne comportait aucune issue et qu'entre nos deux nations s'étendrait un champ de bataille. Alors, d'un geste las, j'ai sorti la montre de ma poche, j'en ai ouvert le couvercle, pour contempler avec délices le beau et doux visage d'Apolline, pour caresser la mèche de ses cheveux. Puis, quand cette vision est devenue insoutenable, j'ai refermé la montre, bien vite, je l'ai emprisonnée dans la chaleur de ma paume et, en la serrant très fort, je me suis retenu de pleurer.

Le lendemain, dès l'aube, notre 124e d'infanterie quittait Nancy et se dirigeait vers Morhange.

À pied, sous un soleil de plomb.

La bleusaille, avec d'autres camarades, a entonné des chants patriotiques dès le premier kilomètre, convaincue que cela galvaniserait le régiment. À onze heures, pourtant, personne ne chantait plus. On n'entendait que le martèlement des godillots sur le pavé, ainsi que le souffle court des soldats qu'un soleil fou tuait à petit feu.

À midi, on s'est arrêtés sous les frondaisons d'un champ de mirabelliers et de pommiers, enfin bercés d'ombre et des senteurs suaves qu'exhalaient les fruitiers dont les branches noueuses et touffues formaient une voûte d'or et d'émeraude au-dessus de nos têtes.

Ensuite, je me souviens d'une marche forcée, vers l'est, sous l'implacable lumière de l'été, à travers villages et campagnes recommencés, en direction d'un horizon improbable et fuyant que la chaleur rendait flou comme un mirage.

Soudain, je n'ai plus rien entendu, un épais silence

couvrait la plaine. Ni rumeurs ni chants d'oiseau. La nature s'était tue. Le commandant nous a fait signe de stopper au détour d'un chemin de terre, et de tendre l'oreille.

Puis il s'est fendu d'un sourire en répétant, comme une litanie :

– Écoutez donc ! Mais écoutez donc cette musique ! C'est celle que j'attendais depuis toutes ces années. L'ennemi est là, au-delà de l'horizon.

Le commandant avait l'ouïe fine.

Au loin, par-delà l'odeur des champs de blé et le décor de forêts, résonnait le bruit du canon.

La guerre venait de nous rattraper.

Tout cela, l'odeur du blé, le décor de la forêt, le bruit du canon, le sourire du commandant, me revient en mémoire avec une étonnante facilité, comme si je n'avais rien oublié, chaque détail photographié à jamais par mon esprit. Comme si, malgré les années, le temps n'avait pu disperser les relents de la guerre.

Cette première image, pourtant, a bien failli être la dernière.

C'était aux premiers jours de septembre 1914, alors que le régiment venait de s'installer dans la plaine de Morhange, au beau milieu du plateau lorrain, non loin de Château-Salins. Les Allemands, eux, avaient campé leurs positions au nord-est, quelque part entre Faulquemont et Albestroff.

J'avais sous mes ordres un détachement de vingt soldats à qui on avait donné la consigne de prendre l'ennemi à revers, et de rejoindre la bourgade de Dieuze, non loin de la Sarre. Sur notre chemin, nous devions délivrer un village occupé par l'ennemi. Un village dont j'ai, depuis, oublié le nom.

Les Allemands l'avaient bombardé à coups de canon, faisant fuir les habitants qui s'étaient éparpillés comme une nuée de moineaux et réfugiés dans la forêt avoisinante. Ensuite, ils avaient tout pillé, les maisons, les granges, les caves, les greniers, les celliers et les dépendances, avant d'y mettre le feu et de contempler ce joli brasier en riant comme des garnements qui viennent de faire un mauvais coup. Il ne restait plus rien, si ce n'était quelques pans de murs saccagés, des décombres encore fumants qui, bientôt, se changeraient en amas de ruines.

Ce jour-là, il faisait un temps de curé, bon pour les vendanges… mais c'est à la guerre qu'on nous envoyait, pas dans les vignes du Seigneur, à se saouler aux émanations d'alcool que dégagent les cuves. Un mauvais vin à tirer, et qu'il fallait boire avant qu'il ne soit trop tard.

C'est Martini, Robert Martini, un Corse d'une quarantaine d'années, sans doute le plus ancien de la troupe, qui m'a fait penser à ça.

– C'est un temps à batifoler dans les vignes et à se saouler, pas à tirer du boche ! a-t-il claironné en avalant la ration de picrate que nous octroyait l'armée afin de nous donner le courage d'aller au combat.

Il avait raison, Martini. Pour les vendanges, on verrait l'année prochaine. En attendant, nous étions postés sur une crête et, en contrebas, un village français attendait qu'on le délivre de l'ennemi.

– Finis ton quart, Martini, lui ai-je dit soudain,

prends ton lebel et assure-toi qu'il n'y a plus personne dans ces maisons.

Martini, à peine surpris, a levé les yeux au ciel, s'est tourné vers le soldat assis à côté de lui et a lancé d'une voix dépitée :

– Tiens, mon vieux, j'étais certain que ça allait tomber sur moi. Dans l'armée, moins tu en dis, plus tu as de chances de t'en tirer !

Il a bougonné un instant, a terminé d'un trait sa ration de rouge, a inspecté le fond de son gobelet pour en traquer les dernières gouttes, l'a rangé dans son sac et s'est exécuté. Il a saisi son fusil, vérifié qu'il était bien chargé, puis s'est tourné vers moi.

– J'y vais si vous venez avec moi, caporal Mars.

J'ai regardé Martini, prêt à le rabrouer, mais j'ai senti sur moi le regard de mes hommes. J'étais pris au piège. Ce qu'il fallait avant tout, pour se faire respecter, c'était montrer l'exemple.

– Très bien, Martini, on y va, ai-je répondu en me levant à mon tour.

Avant de nous jeter dans la gueule du loup, j'ai fait envoyer une salve pour m'assurer que les Allemands n'étaient pas postés en embuscade dans les ruines.

– Feu !

Une grêle de balles s'est abattue sur les premières maisons, sans déclencher la moindre réaction de l'ennemi.

– Tout va bien, ai-je annoncé d'un ton qui se voulait rassurant, on peut y aller. Il n'y a plus personne, là-bas. Les boches ont décampé depuis longtemps.

– Que vous dites, mon caporal ! a ironisé Martini en passant la main sur son visage, pour se persuader qu'il ne rêvait pas et que c'était bien au corps à corps que je l'envoyais.

J'ai posté six hommes sur le coteau pour nous couvrir, et ordonné au reste du détachement d'attaquer par les deux flancs. Quant à Martini et moi, nous avons emprunté le chemin le plus court, celui qui était à découvert.

– En avant, Martini ! On en aura bientôt le cœur net !

Nous avons alors avancé tous les deux à pas comptés, nous rapprochant des premières maisons dans un silence de mort, lebel pointé sur une cible invisible. Martini, méfiant, s'est déporté de quelques mètres sur la gauche, progressant d'arbre en arbre, de buisson en buisson, comme s'il sentait quelque chose.

Dans le ciel d'un bleu éclatant, le soleil était si ardent qu'il rendait l'horizon imperceptible. La lumière coulait sur les pierres comme de la lave en fusion et nous aveuglait. Pas un souffle de vent. Seul le silence nous accompagnait.

Soudain j'ai entendu le bourdonnement d'un insecte à mon oreille. Je me suis jeté à terre. Odeur d'herbe sèche, d'humus et de fleurs. Le bon réflexe. Une balle venait de me frôler le crâne. À quelques millimètres près, j'étais mort. Un deuxième insecte d'acier a vibré dans l'air, traversé le ciel et fini sa course dans l'écorce d'un mirabellier.

Je me suis retourné, en quête de mon compagnon, mais Martini avait disparu de mon champ de vision. La première balle avait dû le forcer à se mettre à couvert, et je me doutais que la seconde ne l'avait pas mis en confiance. J'étais donc seul sous le feu d'un ennemi invisible.

Et c'est à l'instant précis où j'étais le plus vulnérable, seul, couché à terre, perdu au milieu de nulle part, que j'ai vu surgir un soldat allemand, à quelques mètres devant moi, son fusil à la main. Il en restait donc un, d'ennemi, et que je n'avais pas vu. Malgré la pluie de balles, celui-là, on n'avait pas réussi à le déloger du trou où il se terrait.

Devais-je rester immobile dans l'espoir de passer inaperçu ? Ou bien réagir au plus vite ? En une fraction de seconde, ma décision fut prise. J'ai pivoté sur moi-même et braqué mon fusil sur l'homme, prêt à tirer.

L'Allemand s'est avancé de quelques pas. Peut-être ne me voyait-il pas, et dans ce cas j'avais une maigre chance de passer inaperçu. Mais peut-être savait-il que je me trouvais là, à sa merci, et cherchait-il tout simplement à me piéger et à me débusquer… Je n'en savais rien. J'ai continué à le tenir en joue pendant de longues secondes, sans bouger, en attendant qu'il dévie sa course. Il a continué à avancer dans ma direction, son fusil à la main.

Je pouvais maintenant distinguer son visage, celui d'un adolescent un peu perdu, marchant comme un automate, dont le mécanisme avait été remonté par tout un peuple, et qui le forçait à avancer toujours, sans savoir où il allait. J'ai brusquement compris qu'il savait très bien ce qu'il faisait.

– Arrête !

Ma voix avait déchiré le silence, mais malgré cela

l'homme continuait d'avancer, imperturbable. J'ai senti un vent de panique souffler autour de moi. Et Martini qui demeurait introuvable ! Que pouvais-je faire si ce n'était me débrouiller seul et tenir cet homme en respect au bout de mon fusil ?

– Arrête-toi tout de suite ou je tire !

L'Allemand semblait ne pas comprendre ce que je lui disais. Ou alors s'en moquait-il éperdument. Il s'est rapproché encore. Il n'était plus qu'à quelques mètres de moi.

– Arrête ! Pour la dernière fois, arrête !

Là, il a levé son arme et l'a pointée sur moi. J'ai su alors qu'il était trop tard pour éviter un drame. L'Allemand, tout à son aveuglement, ne renoncerait plus. Mon doigt s'est crispé sur la détente et j'ai arrêté de respirer, résolu à attendre jusqu'à la dernière seconde. Qu'espérais-je en fait ? Je n'en sais rien. Peut-être que Dieu décide pour moi. Qu'il décide qui devait mourir ou non.

Alors, parce que l'Allemand ne me laissait pas d'autre choix, et qu'au fond lui et moi attendions peut-être cela depuis le début, j'ai tiré. Il y a eu une déflagration, le recul de l'arme, un corps traversé de décharge électrique, et qui a tressauté, s'est tordu dans tous les sens, puis est tombé à terre.

C'était mon premier mort. Un Allemand. Et je l'avais tué de mes propres mains. Ce qui faisait de moi un assassin, même si toute une nation avait contribué à ce crime. En temps de paix, on m'aurait infligé une lourde condamnation, des années de prison, voire la guillotine. Là, on me félicitait.

J'ai regardé longtemps, sans comprendre, ce cadavre gisant à terre, baignant dans une mare de sang, le sang que j'avais versé et qui n'irriguerait plus ce cœur que la mort avait arrêté. J'étais horrifié par ce que je venais de faire. Qu'importe qu'il soit allemand, ou « ennemi », c'était un homme. Et je l'avais tué.

Un peu plus tard, assis contre un mur de pierre qui avait conservé une relative fraîcheur, j'ai tenté de recouvrer mes esprits. Dans mon être profond, s'inscrivaient les premières blessures invisibles de la guerre, les premières meurtrissures. Et aussi l'angoisse de ma métamorphose.

Mes hommes aussi étaient las. Ils venaient de mesurer toute l'horreur du conflit. Leurs âmes et leurs cœurs, encore pleins d'espoir et d'allant quelques heures auparavant, se serraient désormais à l'idée de mourir à leur tour.

Le lendemain, lorsqu'on apprendrait que tout ça avait servi à quelque chose, que les Allemands avaient été contenus sur une ligne de front, que Joffre l'avait finalement gagnée, sa bataille, je me sentirais un peu moins coupable. Mais là, quelques secondes après ce meurtre, j'étais incapable de prendre la mesure des choses.

– Ce n'est rien, mon caporal, m'a réconforté Martini en posant sa main rugueuse sur mon épaule. On en verra d'autres.

Je lui ai adressé un regard noir. Je lui en voulais de m'avoir abandonné au moment crucial.

– Où étais-tu, diable, pendant que j'avais besoin de toi ?

– Juste derrière vous, mon caporal. Je vous couvrais.

– Que tu dis, Martini ! ai-je grincé à mon tour.

– De toute façon, mon caporal, il n'y avait rien à faire. Ce type-là, il savait qu'il ne s'en sortirait pas, son fusil n'était même pas chargé. Ses deux dernières balles, il les a gaspillées pour rien.

J'ai regardé d'abord Martini, puis le fusil de l'Allemand, sans comprendre. Avant de réaliser. Martini ne mentait pas, le chargeur était vide. Il ne s'agissait donc plus d'un meurtre, mais bel et bien d'un suicide. L'Allemand, en avançant vers moi sans pouvoir riposter, savait qu'il allait mourir.

– Eh oui, a conclu Martini, la guerre, ça peut rendre complètement maboul !

Il n'avait pas tort. Mais qu'est-ce qui avait poussé ce jeune soldat à une telle extrémité ? La détresse ? La peur ? Le fait de se retrouver seul ? Ou quelque autre étrange dérèglement de l'âme, de ces dérèglements qui conduisent à la déraison ?

Je ne le saurai jamais. D'ailleurs personne ne le saura jamais. Pas même Martini.

Quelques semaines plus tard, il mourra à son tour, déchiqueté par un obus, dans la plaine de l'Artois.

L'ordre du jour du 6 septembre 1914 a résonné dans nos rangs comme un coup de tonnerre.

Il était rédigé par le général commandant en chef, Joffre, qui l'avait signé de sa main dans son bureau de l'ancien couvent des Cordeliers, à Châtillon-sur-Seine, son Q.G. de campagne. Voici le fac-similé que j'ai réussi à retrouver après la guerre :

Au moment où s'engage une bataille dont dépend le salut du pays, il importe de rappeler à tous que le moment n'est plus de regarder en arrière. Tous les efforts doivent être employés à attaquer et refouler l'ennemi.

Une troupe qui ne peut plus avancer devra coûte que coûte garder le terrain conquis et se faire tuer sur place plutôt que de reculer.

Dans les circonstances actuelles, aucune défaillance ne peut être tolérée.

JOSEPH JOFFRE

Ce qu'il nous demandait, en fait, le général, ce n'était rien d'autre que de nous sacrifier au nom du drapeau français. « *Devra se faire tuer sur place plutôt que de reculer* ». C'était écrit en toutes lettres, par un gradé qui allait obtenir son bâton de maréchal et finirait bien sagement dans son lit, avec tous les honneurs du peuple français rendus à cet ardent défenseur de la patrie. Et qui aurait droit à des funérailles nationales. Tandis que nous, les moins-que-rien, les sans-grade, les sous-fifres, pouvions crever dans l'indifférence générale, ce qui n'incommodait personne. Nous n'étions rien, rien d'autre que de la chair à canon, de la viande à broyer, à hacher, à découper, et à réduire en bouillie pour contenir l'avancée de l'ennemi.

C'est ça qui a tout déclenché. Une simple feuille de papier annonçant un conflit de positions. Mais ce que nous ignorions encore, c'est que, faute de vainqueur, la guerre allait durer.

Du 5 au 9 septembre, alors que la situation semblait désespérée, l'armée française réussit à repousser l'armée allemande qui menaçait d'envahir Paris. Mieux, elle la fit reculer et la contraignit à une guerre immobile. Cette bataille, que les livres d'histoire nommeraient plus tard la bataille de la Marne, allait devenir la plus grande victoire de Joffre. Sa plus grande gloire. Son Austerlitz, à ce Napoléon du Sud-Ouest. Quatre jours pour auréoler une vie entière. Quatre jours durant lesquels il donna les ordres qu'il fallait, avec le cran et l'aplomb qui le caractérisaient – il faut bien l'avouer – et qui allaient lui conférer une place au paradis des stratèges et des grands hommes pour l'éternité.

Le 17 septembre, quelques jours après cette victoire éclair sur l'armée allemande, j'ai croisé Joffre près de la forteresse de Morhange. À quelques mètres des remparts de la Vieille Ville, sous un soleil de feu. Notre régiment tenait la place depuis la veille, fier de son avancée sur l'ennemi. Avec mes hommes, nous étions postés sur la rive gauche du fleuve, quand le général Joffre est apparu, altier sur son cheval bistre, prêt à passer en revue toutes les troupes cantonnées à Morhange, les féliciter pour leur courage et s'assurer que le moral restait bon. Ce personnage imposant, qui me faisait penser à un empereur romain, César franchissant le Rubicon, Auguste au retour d'Actium ou Constantin terrassant Maxence au pont Milvius, semblait nimbé d'une aura. Devant la prestance, l'énergie et la force qui émanaient de sa personne, comme un fluide, son uniforme impeccablement repassé, ses bottes immaculées, j'ai mesuré l'étendue de l'océan qui nous séparait. D'un côté, un officier d'état-major, entouré de sa garde rapprochée, dirigeant le matin l'une des plus prestigieuses armées que la France ait jamais connu, parlementant l'après-midi avec des émissaires et des ambassadeurs venus de l'Europe entière, rédigeant le soir des missives et des ordres de batailles dont tous les journaux se feraient l'écho le lendemain, et qui, malgré cela, parvenait à tout oublier la nuit venue et à dormir du sommeil du juste ; de l'autre, un soldat vivant dans l'angoisse, sale et puant comme une chèvre, le ventre vide, face à un ennemi qui le terrorisait, buvant du mauvais vin pour oublier sa peur, sans savoir s'il verrait le nouveau jour se lever.

Joffre, il est vrai, possédait un charisme étonnant. À défaut d'être un tribun, c'était un homme qui savait, par de saines paroles et une poignée de main énergique, insuffler cette énergie à ses hommes.

– Caporal, m'a-t-il interrogé en s'approchant de moi et en posant, d'un geste qui se voulait paternel, sa large main sur mon épaule, êtes-vous prêt à vous sacrifier pour la patrie ?

J'ai essayé de soutenir son regard, tout en cherchant les mots adéquats. Mais rien ne m'est venu à l'esprit. J'étais hypnotisé par cet homme à la voix de stentor. Alors, la gorge sèche et la bouche pâteuse, je me suis entendu répondre :

– Oui, mon général.

Je sais, une telle réponse face à un homme de cette trempe, c'était idiot. Surtout que je n'en pensais pas un mot.

Le reste de la journée, Joffre l'a passée auprès des soldats, à féliciter les plus braves, à s'enquérir de l'état des blessés, à honorer la mémoire des disparus et à prodiguer mille encouragements à tous les autres.

Le soir, il est reparti comme il était venu. C'est-à-dire tel un personnage irréel, une entité qui n'avait plus rien d'humain.

Ce fut ma seule rencontre avec l'homme qui allait devenir le héros de cette guerre.

Au début de l'année 1915, la ligne de front s'étendait sur plus de 800 kilomètres, de la mer du Nord à la frontière suisse. Ainsi, sur décision de l'État-Major, le 124e régiment d'infanterie fut déplacé de la Moselle jusqu'aux Flandres. Je me suis donc retrouvé, en compagnie de quelques camarades, à Ypres, au-delà de la frontière belge.

C'est là que j'ai reçu, fin avril, le nouvel uniforme de l'armée française, tunique et pantalon bleu horizon, ainsi qu'un casque Adrian. Adieu le képi et le pantalon garance qui dataient de la guerre de 1870.

Le secteur auquel nous avions été affectés était sous les ordres d'un nouvel officier, le commandant Braque. Celui-là portait bien son nom : d'une rigueur toute militaire, froid et déterminé comme un bloc d'acier, bravache, et têtu comme une mule. Le genre d'homme à vous saquer et à vous donner quatre jours de mitard pour un bouton de cuivre mal astiqué ou un salut oublié. Ou bien à vous envoyer au feu au pas gymnastique, sourire aux lèvres, en bottant les fesses des tire-au flanc.

Lorsque Braque vous regardait dans les yeux, il vous fixait de telle manière que vous étiez forcé de détourner le regard. Ce qu'il détestait par-dessus tout, car pour lui un soldat ne devait jamais faire preuve de lâcheté. Ensuite, une fois qu'il vous avait contraint à rendre les armes, il finissait par secouer la tête de droite à gauche en lâchant avec mépris :

– Pleutre ! Jean-foutre ! Tocard ! J't'en foutrai au trou, moi, des mauviettes pareilles...

Sa façon à lui de vous faire comprendre que vous n'étiez rien, que vous n'existiez pas, et que vous n'auriez jamais rien à attendre de lui, ni compassion, ni pitié, ni remerciements.

L'homme était toujours tiré à quatre épingles, la tunique impeccablement repassée, le col amidonné, les bottes cirées en miroir. Sur son torse qu'il bombait fièrement, les médailles et décorations récoltées sur divers champs de bataille formaient un scintillant tableau de chasse aux reflets de bronze et d'argent. Il donnait ses ordres de-ci, de-là, en ponctuant ses phrases de coups de cravache sur un ennemi imaginaire. Hautain, imbu de lui-même et de son pouvoir, il passait son temps à vérifier sa mise. Même au moment de l'assaut, tandis que les soldats autour de lui crevaient de trouille, Braque frisait sa moustache, lissait ses sourcils ou astiquait ses bottes, comme si de rien n'était, indifférent au monde qui l'entourait. Pour lui, mourir à la guerre n'était rien d'autre qu'un devoir. Ce qu'il ne supportait pas, en revanche, c'était de perdre la face.

Braque était à l'image de tout un état-major d'un autre temps, lointain, distant, plaçant l'obéissance, la loyauté et la bravoure avant toute chose, et pour qui une vie n'était rien à côté de l'honneur et de la gloire qu'on pouvait acquérir sur un champ de bataille.

Je crois que Braque, au fond de lui, ne haïssait personne, pas même l'ennemi. Mais qu'il n'était pas non plus capable d'aimer. Il était là parce que c'était son métier et qu'on lui avait appris très tôt, trop tôt peut-être, à se battre. Il demeurait donc insensible à toute forme de compassion, et son visage, alors qu'autour de lui pleuvaient les obus et les balles, restait étonnamment calme.

Sans doute en fallait-il un comme le commandant Braque pour justifier cet immense charnier, toutes ces horreurs, ces atrocités, ces amputés, ces gazés, ces défigurés, cette gigantesque folie qui s'était emparée du monde. Sans doute était-il à sa place dans cette guerre, lui qui semblait né pour cela, tuer et aller au combat avec une profonde jouissance, alors que tous les autres s'y rendaient le cœur serré et crevant de trouille. En vérité, sans des hommes comme Braque, je crois qu'il n'y aurait jamais eu de guerre.

Pour lui, tout était simple, logique, évident, réglé comme du papier à musique. Les chefs militaires, en véritables chefs d'orchestre, indiquaient la partition et tout était dit. Les soldats, eux, n'avaient plus qu'à suivre les notes et le tempo de leur marche funèbre.

À sa manière, Braque était lui aussi un horloger, un homme d'une implacable précision, un chef d'orchestre donnant le rythme et la mesure du temps, et pour qui chaque seconde était un décompte vers la victoire.

En mars 1915, Braque a soudain forgé sa renommée sur une symphonie macabre.

Ce jour-là, l'hiver s'était installé sur Ypres. Une neige immaculée tombait sur la Vieille Ville depuis la veille, la rendant étrangement pure et lumineuse comme un diamant dans sa gangue. C'était comme si la guerre s'était arrêtée quelques heures, le temps d'une trêve, d'un silence, d'un espoir. Une trêve de courte durée. À midi, les obus ennemis se mirent à pleuvoir sur nos positions. Les Allemands, qui tenaient la colline d'en face, avaient décidé de nous pilonner jusqu'à ce que nous reculions d'une bonne centaine de mètres.

C'est là que le commandant Braque a imposé le ton :

– Donnez-moi dix hommes et je vous déloge cette batterie !

Dix malheureux ont aussitôt été désignés. Dix hommes. Autant dire des bêtes traquées, les yeux fous, qui savaient pertinemment ce qui les attendait, mais qui espéraient encore vivre, survivre, revenir de cet enfer.

Sur les dix « volontaires » désignés au hasard pour cette danse avec la mort, neuf allaient servir de cibles aux Allemands.

Le commandant Braque et un certain As de Pique, duo de l'enfer, furent les seuls à revenir vivants.

Il faut dire que nous n'avions pas eu beaucoup de chance lors de notre affectation. Outre le commandant Braque et sa manière forte, l'adjudant qui commandait notre escouade était la plus belle ordure qu'il m'ait été donné de voir. Cet homme dont personne n'a jamais su le patronyme véritable, c'était l'As de Pique. Et il n'avait pas volé son surnom.

Chaque fois que quelqu'un tombait sous sa coupe, ou acceptait seulement de partir au combat à ses côtés, on était certain de ne plus le revoir. À l'égal de la carte qui le symbolisait, cet homme était un présage de mort.

L'As de Pique était un Breton connu dans toute l'armée française pour s'être sorti des situations les plus périlleuses sans une égratignure. Ce qui faisait dire à certains qu'il avait conclu un pacte avec le Diable. Je n'ai jamais cru à ces fariboles, mais je peux certifier que, comparé à lui, Braque, avec toute sa suffisance, sa morgue et ses brimades d'un autre temps, faisait figure d'enfant de chœur.

Rien qu'à le regarder, l'As de Pique vous glaçait le sang.

C'était un être d'une laideur repoussante. Petit et massif, mal proportionné, il avait une jambe plus courte que l'autre, ce qui le faisait boiter en permanence. Ses mains épaisses, striées de veinules violacées, pendaient de part et d'autre de son corps comme deux massues prêtes à vous défoncer le crâne. La peau de son visage, mangée par la petite vérole, était tavelée, marbrée, rongée comme si elle avait été plongée dans l'acide sulfurique. Ses cheveux, clairsemés, siège d'une atroce pelade, survivaient par touffes disparates sur un crâne olivâtre. Ses yeux d'un noir d'encre tournaient en tous sens dans leurs orbites comme deux billes affolées. Quant à sa voix, tantôt nasillarde, tantôt rauque mais toujours inquiétante, elle avait le pouvoir de vous hérisser le poil sur le corps.

Cet homme avait le profil d'un assassin de la pire espèce, celle qui tue par plaisir, avec jouissance. Je l'ai vu s'acharner sur le cadavre d'un soldat qu'il accusait de désertion face à l'ennemi. Un cinglé qui aurait eu sa place dans un asile d'aliénés.

Très vite, les gars l'ont appris à leurs dépens. L'As de Pique était un fou furieux capable de vous assassiner sur place si vous aviez le malheur de lui causer la moindre contrariété. Et tout cela avec la bénédiction de Braque qui se foutait bien de savoir ce qu'il pouvait advenir de ses hommes, excepté qu'ils se montrent lâches.

Entre le commandant et l'adjudant, nous étions aux premières loges d'un drôle de théâtre, spectateurs et acteurs d'une représentation à balles réelles, sur une scène de feu et de sang.

Ces deux-là, je crois, surpassaient tous les autres dans l'absurdité. Je me souviens d'avoir fait leur connaissance dès mon arrivée à Ypres, au lendemain d'un assaut. Notre régiment avait battu en retraite sous le feu des mitrailleuses allemandes et sous une pluie battante qui avait transformé le sol en gadoue argileuse dans laquelle nos bottes s'enfonçaient comme dans du beurre. Le commandant Braque a fait son apparition dans notre tranchée, torse en avant et démarche altière, puis, congestionné de colère, s'est planté devant moi, les yeux prêts à me fusiller tout autant qu'un Mauser.

À côté de lui se tenait l'As de Pique, tapi dans l'ombre et attendant son heure, comme une tique prête à vous sucer le sang jusqu'à la moelle. Il tenait en main les cartes d'état-major du commandant et, à la ceinture, un revolver dont personne ne doutait qu'il fût chargé.

– Quel est votre nom, caporal ? m'a demandé Braque d'un ton péremptoire.

– Victorien Mars, mon commandant, ai-je répondu en soutenant son regard.

– C'est un nom lourd à porter quand on refuse d'aller au combat.

– Je n'ai jamais refusé de me battre, mon commandant. Mais tout le régiment a battu en retraite sous le feu de l'ennemi. Que pouvais-je faire dans ce cas précis ?

– Montrer l'exemple et mourir en héros.

Braque gardait ses yeux plantés dans les miens, tentant ainsi de me faire baisser le regard. Mais je suis resté stoïque, sans même ciller une seule fois. J'allais répondre que je ne voulais pas mourir du tout, héros ou pas… mais je n'en ai pas eu le temps.

– On n'est pas des héros, mon commandant, a dit quelqu'un qui se trouvait à quelques pas sur ma droite. On est simplement des hommes.

Aussitôt, comme aiguillonné, Braque m'a abandonné à mon sort et s'est précipité sur l'importun, pour l'écraser aussitôt d'un regard lourd de mépris. Après l'avoir jaugé en silence de longues secondes, avec un dégoût à la limite de l'écœurement, il a sifflé entre ses dents serrées :

– Que viens-tu de dire, soldat ?

– Qu'on n'était pas des héros, mon commandant.

– Quel est ton nom ?

– Jérôme Chaboud, mon commandant.

– Drôle de nom pour faire la guerre.

– C'est mon nom, mon commandant. Je ne l'ai pas choisi.

– Je m'en doute que tu ne l'as pas choisi, imbécile ! N'empêche, c'est un drôle de nom. Surtout pour un lâche.

– Je ne suis pas un lâche, mon commandant.

– Alors pourquoi n'as-tu pas chargé avec les autres du régiment ?

– Mon fusil était enrayé. Je ne voulais pas y rester…

– Ce n'est pas une raison pour renoncer. Un soldat français digne de ce nom ne recule pas devant l'ennemi.

– Je n'ai pas reculé, mon commandant, je suis resté sur place. Et je n'ai pas déserté… Simplement je ne suis pas idiot. Sans arme, c'est boucherie et compagnie, je n'avais aucune chance de m'en tirer, et moi ce que je veux, c'est en revenir vivant de cette saleté de guerre...

Chaboud avait répondu sur le coup de la colère. Mais bon, ça a fait son effet. Dans les rangs, ce fut soudain le grand silence qui précède les combats. J'ai froncé les sourcils d'étonnement, et même l'As de Pique, jusque-là silencieux, s'est mis à grogner comme un ours. Quant au commandant Braque, là, il entrait dans une autre dimension. Il n'en croyait pas ses oreilles, et se demandait même s'il ne rêvait pas tout éveillé. Il a brusquement trépigné sur place en répétant « quoi ? quoi ? quoi ? » comme un perroquet qui vient d'apprendre un mot et le chante sur tous les tons. D'autant que Chaboud a continué à soutenir son regard, persistant dans sa rébellion, alors qu'il venait de franchir les limites de l'incorrection face à un supérieur. Nous le savions tous, et Braque en premier. Ces paroles, pour lui, c'était comme si on venait de cracher sur le drapeau français, de le fouler aux pieds, et bien sûr il ne pouvait l'admettre. Alors, rouge brique, saisi de tremblements, se contenant à peine, il a tourné la tête vers l'adjudant et a aboyé :

– À vous de jouer ! Montrez donc à cet homme ce qu'il en coûte de se payer ma tête !

L'As de Pique, sans un mot, s'est aussitôt avancé de deux pas, a porté la main à son ceinturon, a dégainé son revolver et, avec dans le regard ce vide interstellaire qu'on trouve parfois dans les pupilles révulsées des aliénés, il a appuyé son arme entre les deux yeux du soldat. Contact avec le froid de l'acier. Puis il a armé son revolver, tout à la jouissance du bourreau qui peut, en une fraction de seconde, décider de la vie ou de la mort.

Dans les rangs, la tension est montée. Seul le bruit de la pomme d'Adam du soldat Chaboud, qui cherchait à déglutir sans y parvenir, crevait le silence.

C'est alors que j'ai décidé d'intervenir avant qu'il ne soit trop tard. Je me suis tourné vers Braque.

– Vous n'avez pas le droit de laisser commettre un crime, mon commandant. Pas sur un homme désarmé. Question d'honneur…

Braque n'a pas bronché. Bien au contraire, il a tourné la tête vers l'adjudant et a poursuivi sur sa lancée :

– Lorsque vous en aurez fini avec ce soldat, vous vous occuperez du caporal Mars.

L'As de Pique, quand il a entendu ça, s'est tourné dans ma direction et m'a adressé un regard plein de haine, un regard qui en disait long sur sa folie meurtrière. Un instant, j'ai pensé que je venais de commettre l'irréparable, et qu'en tentant de sauver la tête de Chaboud, je venais de perdre la mienne. Que ces deux fous enragés allaient nous rayer de la surface de la Terre. En une fraction de seconde j'ai même imaginé comment tout se déroulerait. D'abord l'adjudant tire sur Chaboud, puisqu'il s'agit du fautif de l'histoire, puis il tourne l'arme vers moi et m'abat comme un chien. Enfin tout est fini, Braque est content et l'As de Pique peut aller terroriser quelqu'un d'autre.

L'attente a duré une éternité. Par chance pour Chaboud et moi, lassé sans doute de sa mise en scène destinée à nous terroriser, Braque a fini par mettre un terme à la comédie :

– Cela suffit. Je crois que la leçon a porté ses fruits.

L'adjudant, comme un automate, a aussitôt baissé son arme et l'a rengainée. Puis, comme s'il ne s'était rien passé, il est retourné dans l'ombre du commandant Braque. Ce dernier, visiblement satisfait de sa petite démonstration, s'est tourné vers moi.

– Chaboud fera quatre jours de mitard, au pain sec et à l'eau. Quant à vous, caporal Mars, j'annule toutes vos permissions jusqu'à nouvel ordre.

Le commandant a sorti un calepin de sa poche et a noté les deux sanctions pour être bien sûr de ne pas les oublier. Puis, s'adressant à Chaboud, il a ajouté d'un ton cinglant :

– Si tu oses encore une fois me tenir tête de cette manière, je te fais passer en cour martiale.

Chaboud savait ce qui attendait les déserteurs : un jugement sans appel et une exécution dans la foulée, tout cela pour l'exemple. Un homme qui refuse d'aller au combat, forcément, c'est mauvais pour le moral d'une armée.

– La prochaine fois, tu ne t'en tireras pas comme ça, crois-moi. Il n'y aura pas toujours un petit caporal pour te sauver la mise. Si tu rechignes à charger en première ligne, c'est moi qui te trouerai la cervelle. D'une seule balle. C'est bien compris ?

– Oui, mon commandant.

– Et pour commencer, tu vas rester là, debout au garde-à-vous jusqu'à ce soir, sans manger ni boire.

– À vos ordres, mon commandant.

Chaboud allait payer cher, et comptant, son insoumission, mais il n'était pas homme à fuir ses responsabilités. La petite comédie jouée par l'adjudant lui avait ôté toute envie de se rebeller. Il avait joué, il avait perdu. Aussi s'est-il plié à la sanction sous les regards moqueurs des deux officiers.

La séance d'humiliation a duré ainsi près d'une minute. Enfin, le commandant est reparti comme il était venu, suivi de son ombre folle qui n'avait toujours pas articulé le moindre mot.

Un peu plus tard, j'ai tenté d'apporter un peu de réconfort au soldat puni qui grelottait de froid sous l'averse. Tout en fumant le tabac que je lui offrais, il a cherché ses mots, ne sachant trop comment me remercier.

– Sans vous, caporal, je ne serais peut-être plus de ce monde.

– Je ne pense pas, soldat. Tout ça n'était qu'une mise en scène. Un sursis de plus.

– Alors on n'a pas le choix, c'est ça ? a dit Chaboud. Quoi qu'on fasse, on va tous en crever. Charogne de charogne !

– Que veux-tu, c'est la guerre.

Chaboud était si bouleversé par ce qu'il venait de vivre, que rien ne semblait en mesure de le réconforter.

– Mais la guerre, je ne lui ai jamais rien fait ! Alors qu'elle me laisse vivre et retourner chez moi, en Savoie, dans le village de mon enfance. C'est tout ce que je lui demande !

Chaboud avait raison et tort. Ypres, en 1915, ce n'était pas le lieu idéal pour faire des projets d'avenir, mais pas non plus une raison pour baisser les bras et se dire qu'on allait tous y rester écrabouillés, écorchés, découpés... et que personne n'en réchapperait !

J'aurais bien voulu moi aussi enrayer cette mécanique folle, jeter mon barda et m'extraire de cette tranchée en criant comme un damné à ceux d'en face d'arrêter de nous tirer dessus pour un oui ou pour un non, qu'il était inutile de s'entre-tuer pour des généraux et des maréchaux qu'on ne voyait jamais et qui restaient bien au chaud dans leurs camps retranchés, protégés de l'horreur de notre guerre. Mais ceux de l'autre bord ne parlaient pas la même langue. Et puis je ne suis pas certain qu'ils m'auraient compris, ni même qu'ils m'auraient laissé le temps de m'expliquer. Alors je n'ai rien dit. D'autant plus que c'était une folie, cette envie de paix en pleine guerre, cela ne se faisait pas. La paix, ce n'était pas pour les militaires, les troufions, les poilus comme nous. La paix, c'était quelque chose de sacré, d'inaccessible. Un accessit que les gradés se gardaient comme un privilège. La paix, ça ne se signait pas sur un champ de bataille, mais dans un bureau bien propre, entre gens de même condition, avec de jolis papiers blancs, de l'encre noire, et une belle plume neuve qui devait biffer d'un trait des millions de morts, autant de blessés et d'agonisants, sans jamais dire au simple soldat à quoi toute cette démence avait bien pu servir.

Je me suis alors tourné vers Chaboud, et je lui ai fait la

promesse qu'il rentrerait bientôt chez lui, qu'il reverrait les siens.

– Vous dites ça pour me faire plaisir, caporal. Mais au fond vous savez bien qu'on n'est pas près de s'en sortir.

C'était la vérité. La paix, la vraie, viendrait plus tard, quand nous serions tous morts et enterrés.

En attendant, il fallait se battre.

En ce printemps 1915, outre la guerre des tranchées, il y avait celle que se livraient chaque jour Français et Allemands à propos du contrôle de l'Yser, ce fleuve de grisaille qui faisait office de frontière entre nos deux mondes.

L'Yser était un curieux théâtre d'opérations. C'est là que transitaient, sur des barges prévues à cet effet, les vivres et les munitions des armées en présence. Mais il faut bien avouer qu'en dépit des efforts de chacun, l'Yser n'appartenait à personne – ni aux Allemands qui tentaient d'en garder le contrôle, ni aux Français qui les en empêchaient au prix d'incroyables efforts –, si ce n'est à elle-même et à son courant qui la faisait glisser d'amont en aval comme un lent tapis de larmes teinté de sang et piqueté d'éclats d'obus.

C'est sur les berges de ce fleuve gris et froid qu'un de nos gars, un certain Malaval, est devenu un héros pour toute la compagnie.

Malaval. Je me souviens de lui parce que ce qu'il a réalisé ce jour-là l'a rendu célèbre et lui a valu, par la suite, bien des honneurs. C'était un gars de l'Aveyron, des environs de Rodez, et qui d'ordinaire se foutait de tout, de l'ennemi comme de ses compagnons, d'être là comme d'être ailleurs, et ne semblait aimer personne. Charpenté, massif, le regard un peu éteint, il n'avait rien à dire de particulier et, d'ailleurs, ne disait jamais rien.

Donc, ce matin d'avril, sous un pâle soleil de printemps, le régiment s'est trouvé bloqué sur la rive gauche de l'Yser, tandis qu'une poignée d'Allemands, postés sur l'autre bord, nous tenait en respect sous le feu nourri de leur mitrailleuse bloquant l'accès du seul pont à des kilomètres. À cause d'une unique mitrailleuse, on s'est retrouvés coincés derrière un petit tertre sans pouvoir bouger pendant plusieurs heures. Et pourtant il ne nous restait plus qu'à le traverser, ce fichu fleuve, pour pouvoir enfin déloger l'ennemi et le faire reculer de plusieurs centaines de mètres. Mais pour cela il fallait attaquer de front, c'est-à-dire se jeter dans la gueule du loup et subir de lourdes pertes.

Cinq hommes qui en immobilisent plus de cent et les empêchent d'avancer, c'est là toute l'ironie de la guerre. Durant tout ce temps perdu, j'avais sorti ma montre de la poche de mon uniforme, et caressé la mèche de cheveux, le regard un peu perdu dans les brumes de ma nostalgie, en contemplant la photographie d'Apolline. Je l'aimais toujours autant, elle me manquait cruellement. Mais cette image appartenait désormais à un passé révolu, et qui ne reviendrait plus, alors j'ai fini par refermer le couvercle et ranger la montre bien à l'abri de mes remords.

Au fond, entre le mécanisme des souvenirs, celui d'une montre et celui d'un conflit de positions, il y a de nombreux points communs. Il suffit qu'un grain de sable s'immisce entre les rouages de la mémoire, qu'une minuscule poussière se loge dans un engrenage d'horlogerie, qu'une seule mitrailleuse bloque l'accès d'un pont et toute la mécanique s'enraye, le temps s'étire, s'arrête, s'éternise, mélangeant tout à la fois passé, présent et futur dans un maelström où chacun finit par perdre ses repères.

– Bon dieu de bon dieu ! Il faudra passer tout de même ! s'est écrié le commandant Braque, les nerfs à fleur de peau.

Il sentait que le contrôle de la situation lui échappait et qu'il n'aurait pas la patience d'attendre davantage.

D'un geste nerveux, il a tiré sur ses moustaches comme s'il allait les arracher, puis a continué, tout en battant la semelle sur le sol boueux :

– Si on pouvait attaquer ce pont par surprise, ou de nuit, on serait en surnombre. Mais bien sûr, il fait grand jour, les Allemands nous surveillent depuis plus de deux heures et le premier qui tentera de passer représentera une jolie cible, comme à la fête foraine.

L'un des sous-officiers d'active présents à ses côtés a dit alors en désignant la portion du fleuve située devant lui, qui paraissait peu profonde et semblait hors de vue des Allemands :

– Dans ce cas, il faut passer tout droit, c'est le seul endroit que l'ennemi n'a pas dans son champ de vision.

Braque l'a regardé comme si l'autre tombait de la lune.

– Et comment voulez-vous passer par le fleuve avec ce courant et ce froid ? Par l'opération du Saint-Esprit ? Surtout que les neuf dixièmes de mes gars ne savent pas nager ! C'est la meilleure façon de tous y passer...

– Il suffirait qu'un seul homme, bon nageur, tende une corde d'une berge à l'autre. Ensuite, on pourrait faire passer toute l'escouade sans risque de noyade et en moins de temps qu'il n'en faut pour le dire.

Le commandant a toisé le sous-officier d'active d'un air hautain, lui a jeté un regard plein de morgue, puis a assené d'une voix tonitruante :

– Et qui voulez-vous trouver d'assez stupide pour effectuer cette mission suicide ? Vous, peut-être ?

Un long silence durant lequel on aurait pu entendre une mouche voler. On sentait que le sous-officier d'active, s'il avait été en mesure de le faire, aurait disparu sous terre à jamais.

– Je... je nage comme une enclume...

Braque, qui n'aimait rien tant que rabaisser ses hommes, les briser, les voir ramper devant lui, n'a pas cédé un pouce de terrain et a continué son attaque :

– Cela n'est pas mon affaire. Après réflexion, votre idée me semble excellente...

Le sous-officier d'active, lui, est resté droit comme un I à attendre la sanction. À ce moment précis, à moins d'un miracle, nul ne doutait plus que ce malheureux allait être désigné pour cette mission dont il avait eu l'idée mais que, curieusement, il était incapable de réussir.

– Je suis volontaire, mon commandant ! a dit soudain une voix rugueuse sortie de nulle part.

C'était l'As de Pique qui venait de parler, lui qui d'ordinaire n'ouvrait jamais la bouche. Là, visiblement, la tentation était trop forte de se mettre en avant. Braque, rempli de fierté de posséder un tel élément dans sa troupe, lui a accordé un large sourire.

– C'est d'accord. Mais la prudence impose que vous soyez deux à opérer. Je veux donc un volontaire pour vous seconder.

Écartant le sous-officier d'active d'un geste dédaigneux, il a poursuivi sur sa lancée :

– Qui donc sait nager parmi vous ?...

La phrase est restée en suspens, comme si tout le monde avait compris la menace qui planait désormais sur cette mission suicide. Car suivre l'As de Pique, c'était l'assurance de ne pas revenir.

– Allons, que diable, êtes-vous des soldats ou des militaires d'opérette ?

Le silence a accompagné les dernières paroles du commandant. Nul ne semblait disposé à mourir.

– Eh bien ! a fulminé Braque, dois-je laisser l'adjudant désigner un volontaire ?

Cette fois, chacun a baissé la tête, tentant de se faire le plus discret possible et de se fondre dans la masse. Un silence pesant s'est installé parmi la troupe. C'est alors, au moment où plus personne ne s'y attendait, qu'un soldat est sorti du rang, s'est mis au garde-à-vous et a annoncé d'un ton un peu trop détaché :

– Je suis votre homme, s'il le faut.

Ce soldat, c'était Malaval. Mon gars de l'Aveyron que, d'ordinaire, personne n'entendait jamais. Et qui venait d'accepter l'impensable. Accompagner l'As de Pique dans une mission. Autant dire qu'il venait de signer son arrêt de mort. Tout le monde l'a regardé avec un air de ne pas y croire. Malaval avait-il toute sa tête ? Agissait-il par défi ? Ou bien s'était-il désigné pour en finir au plus vite, parce qu'il était las de la guerre et de la vie elle-même ? Nul ne l'a jamais su. Le commandant Braque, qui s'attendait à tout sauf à ça, l'a interrogé sur un ton goguenard :

– Qu'est-ce que vous dites, Malaval ?

– Que je veux bien le traverser à la nage, ce fichu fleuve, s'il faut déloger les boches. Les rivières, ça me connaît. Quand j'étais gosse, je faisais l'école buissonnière et j'allais pêcher les truites à la main dans les gorges du Tarn.

Braque, qui savait manier les hommes, lui a répondu aussitôt d'un air de défi :

– Je vous remercie de votre dévouement, mais je pense que vous n'êtes pas capable d'effectuer une mission aussi périlleuse, Malaval. Les gorges du Tarn, ce n'est pas l'Yser. Vous n'avez pas les moyens physiques, et encore moins psychologiques, pour seconder efficacement votre adjudant.

En vérité, Braque se fichait complètement qu'il fût capable ou non d'accomplir une telle mission. Ce qu'il voulait, lui, c'était galvaniser ses troupes. Leur donner de la hargne et du mordant. Leur insuffler dans les veines juste ce qu'il fallait de colère et de haine pour en faire des guerriers. Et c'est justement ce qu'il parvint à faire de Malaval en le rabrouant aussi sèchement devant ses camarades.

– Merde de vérole ! Je sais ce que je vaux, mon commandant, a sifflé l'Aveyronnais entre ses dents serrées. Et je vais vous le prouver tout de suite.

Malaval avait le visage violacé, et les yeux d'un taureau devant lequel on vient d'agiter le foulard rouge. Les paroles de Braque lui étaient restées en travers de la gorge. Il est sorti du rang, a posé son barda et son fusil par terre et a rejoint l'As de Pique.

– On y va, à la flotte ? a-t-il demandé en lui décochant un regard de fou furieux.

Pour toute réponse, l'adjudant lui a adressé un grognement. Les deux hommes, sans même se consulter, se sont préparés à leur mission, l'un s'emparant de la corde, l'autre des fusils, et ils se sont éloignés en direction du fleuve. L'adjudant a noué une extrémité de la corde autour d'un arbre, réussissant un magnifique nœud de chaise, puis a attaché l'autre bout à sa ceinture. Enfin, sans même se retourner, il s'est jeté à l'eau et a nagé vers l'autre rive, bientôt suivi par l'Aveyronnais. Au premier contact avec l'eau glacée, Malaval a été pris de tremblements, et soudain tout a basculé. Son visage a changé de couleur, sa colère a fondu et sa détermination en a pris un coup, comme s'il venait de se réveiller au contact de l'eau et prenait conscience de la folie de son acte. Il s'est immobilisé, hésitant, s'est même retourné vers nous en lançant comme un appel au secours :

– Elle est pas chaude, les gars !

Mais il était trop tard pour renoncer. Aussi chacun y est-il allé de sa petite phrase, de son encouragement.

– Courage, Malaval ! a lancé quelqu'un.

– Pense à toutes les truites que tu vas pêcher dans ce fleuve !

– Imagine que ce sont les gorges du Tarn !

Petit à petit, Malaval a repris confiance et, au prix d'efforts considérables et d'une totale abnégation, a fini par entrer dans l'Yser et à le traverser, ce fichu fleuve qui ne ressemblait en rien à celui de son enfance.

Les deux hommes, sans un bruit, ont glissé dans les eaux noires jusqu'à la rive opposée et sont sortis de son lit presque de concert, face à un petit bosquet de bouleaux. Là, ils ont noué la corde autour d'un tronc d'arbre et nous ont fait signe qu'on pouvait les rejoindre. Les Allemands, postés un peu plus haut, à l'entrée du pont, n'avaient pas décelé leur présence.

– Eh bien, si je m'attendais à ça ! s'est exclamé Braque. Ce gars-là, je n'aurais pas misé un sou sur lui... Et voilà qu'il vient d'accomplir un exploit !

Le commandant n'a même pas évoqué la performance de l'adjudant qui lui semblait toute naturelle. Sans tarder, il a ordonné à l'avant-garde du régiment d'emboîter le pas aux deux héros, et de passer de l'autre côté du fleuve. Ces derniers, s'aidant de la corde, n'ont eu aucun mal à franchir l'Yser.

Je me trouvais moi-même prêt à entrer dans l'eau lorsque, de l'autre côté du fleuve, une fusillade a éclaté. Sans doute nos deux éclaireurs qui venaient de passer à l'attaque, ou bien de se faire surprendre par l'ennemi.

– Accélérez le mouvement ! s'est écrié Braque, comprenant que l'As de Pique et Malaval se trouvaient en danger et que l'affaire pouvait capoter. Il faut aller les aider !

Nous étions maintenant plus d'une quarantaine d'hommes à effectuer cette manœuvre périlleuse dans les eaux glacées de l'Yser, lorsque a éclaté un nouvel échange de coups de feu.

– Allons, du nerf ! a hurlé Braque.

Mais de l'autre côté, la fusillade continuait de plus belle. Bientôt le bruit d'une mitrailleuse qui s'enraye, une dernière détonation, puis plus rien qu'un silence inquiétant.

Lorsque nous sommes parvenus sur l'autre rive, il était trop tard. L'As de Pique était assis sur la souche d'un arbre, à fumer tranquillement une cigarette qu'il venait de rouler entre ses doigts aux extrémités blanchies par la baignade dans les eaux glacées de l'Yser. Étendus sur le sol gisaient six corps. Six soldats morts à la guerre. Cinq Allemands et un Français. Ce dernier n'était autre que Malaval, le glorieux Aveyronnais qui venait de payer de sa vie son audace et son courage. La première salve de la mitrailleuse allemande avait été pour lui et l'avait fauché en pleine course, lui perforant les entrailles. L'adjudant, lui, comme à son habitude, en était sorti indemne.

La mort de Malaval en a affecté plus d'un parmi nous.

C'était un brave gars, peu loquace il est vrai, mais qui ne méritait pas de finir ainsi. Braque, ça n'a surpris personne, a été le seul à ne manifester aucun chagrin.

– Voilà du bon travail, a-t-il dit en posant sa main sur l'épaule de l'adjudant.

Ce qu'il voyait, c'était que les deux rives de l'Yser étaient désormais sous notre contrôle, et que les barges en amont, regorgeant de vivres et de munitions, allaient enfin pouvoir passer. Le reste, il n'en avait cure.

Le lendemain, Braque a pourtant fait citer Malaval à l'ordre du jour pour haut fait d'armes et conduite héroïque face à l'ennemi. Et l'a décoré de la médaille militaire. À titre posthume. Ce qui, je suppose, de là où il se trouvait, entre quatre mauvaises planches de sapin, lui a fait une belle jambe.

On n'a jamais su pourquoi il s'était porté volontaire. Personne ne se serait attendu à un tel acte de bravoure de sa part. Ce n'était pas un lâche, je peux en témoigner, mais il n'était pas plus courageux qu'un autre. Et peut-être même le plus tire-au-flanc de toute la compagnie. Toujours le premier à rechigner et le dernier à partir au combat. Il était comme ça, Malaval. Pas le plus bravache. Et pourtant, ce jour-là, il a agi par défi. Peut-être voulait-il se prouver à lui-même que d'un simple soldat, une circonstance exceptionnelle pouvait faire un héros. Peut-être voulait-il sortir au plus vite de cette guerre. Acte héroïque ou suicide ?

J'oscille d'une opinion à l'autre. Parfois, je me dis que l'Aveyronnais savait, en acceptant cette mission, qu'il allait à une mort certaine. À d'autres moments, au contraire, je songe qu'il cherchait à donner un sens à sa vie, et qu'après tout la gloire, les honneurs et une médaille militaire sont un moyen comme un autre de redonner du lustre à une existence qui n'en avait plus.

Automne 1915. Ypres. La campagne belge, plate comme la main à des kilomètres à la ronde, faisait songer à un grand champ de foire. Cela vous avait des airs de fête lugubre, car chaque matin un épais brouillard recouvrait le paysage et vous enveloppait dans une humidité et une moiteur qui vous transperçaient les os. Le brouillard, pourtant, n'avait pas que des inconvénients. C'était aussi un épais manteau, idéal pour se dissimuler à l'ennemi.

C'est là que j'ai fait la connaissance d'une paire de coriaces, Matteo Capitone et Tanguy Estève, qui avaient compris, bien avant d'autres, le parti qu'on pouvait tirer de ce manteau de brume. Ceux-là savaient que seuls les plus malins s'en sortiraient, et que tous les autres, les plus faibles, y resteraient. Car à la guerre comme ailleurs, il y a les loups et les agneaux.

Matteo était le nettoyeur de tranchées attitré de la compagnie, ce qui consistait à ramasser les corps après les combats, à sauver les blessés et à les convoyer jusqu'à l'hôpital militaire situé à quelques kilomètres de là.

C'était un travail difficile, mais qui vous dispensait de charger en première ligne une fois sur deux.

Tanguy, lui, moins téméraire que son compagnon, mais assez opportuniste pour savoir avec qui s'associer, avait très vite compris l'avantage qu'il retirerait de s'acoquiner avec un homme de cette trempe, un homme avec qui il se trouverait en sécurité jusqu'à la fin du conflit. Aussi, malgré ses réticences, l'avait-il secondé dans ce travail pénible.

À côté de cette fonction purement nécrologique, Matteo et Tanguy avaient monté de toutes pièces un petit commerce illicite de ravitaillement. Ces deux-là se rendaient en ville deux ou trois fois par semaine, toujours de nuit, et bien souvent à la faveur du brouillard, afin d'obtenir ce que l'armée ne leur offrait pas, du pain, de la bière, un peu de vin, de l'eau de source, une boîte de conserve, du chocolat, du papier ou de l'encre.

Tout cela, bien entendu, strictement interdit et passible de sanctions sévères, même si aucun soldat du régiment, à l'exception des officiers supérieurs, n'aurait songé un seul instant à leur en tenir grief. Car en fin de compte ce petit commerce parvenait à maintenir le moral des troupes au beau fixe et chacun y trouvait son compte. Chacun sauf le commandant Braque qui considérait toute infraction au règlement comme un affront personnel, et l'As de Pique qui n'avait d'avis sur rien mais obéissait en tout aux ordres de son supérieur.

L'affaire s'est compliquée un matin lorsque, de revue dans le poste de garde, le commandant Braque est tombé par hasard sur une cargaison de sucre, de vin et de liqueurs qui, semblait-il, ne provenait pas des stocks de l'armée. Une cargaison incongrue que Matteo et Tanguy n'avaient pas eu le temps de cacher soigneusement. Ce matin-là, justement, le brouillard s'était levé plus tôt que prévu.

Comprenant qu'il venait de mettre la main sur des marchandises entrées en fraude dans l'enceinte militaire, l'officier s'est emporté et a demandé à la sentinelle qui se trouvait de garde à ce moment-là :

– À qui cela appartient-il ?

Comme le soldat était incapable de lui fournir une explication, Braque, monté sur ses ergots, a ordonné à toute la compagnie de se mettre en rang devant le mess. Lorsque cela a été fait, il nous a interrogés d'une voix glacée :

– Quels sont les saligauds qui osent enfreindre les ordres et quitter le camp la nuit tombée pour se rendre en ville ?

Un long silence lui a répondu. Dans la tranchée, tout le monde savait qui étaient les responsables, mais personne n'aurait eu la perfidie de livrer Matteo et Tanguy, deux hommes sans qui le quotidien serait devenu insupportable.

– Qui donc ? Parlez, à la fin !

Dans les rangs, personne n'a bronché. Le commandant, comprenant qu'il n'obtiendrait rien de la sorte, a décidé d'employer la manière forte.

– Très bien. Dans ce cas, allez me chercher l'As de Pique, a ordonné Braque à un troufion.

Le soldat a détalé aussitôt comme un lapin et est revenu, moins d'une minute plus tard, flanqué de l'adjudant dont le regard aussi expressif que celui d'un veau qui vient de naître prouvait qu'on venait de le réveiller, ce qui l'avait rendu d'humeur exécrable.

– Adjudant, a dit Braque, désignez deux hommes au hasard et conduisez-les au peloton d'exécution. Mettez-les en joue et attendez mes ordres.

L'As de Pique, jubilant de se voir confier une telle mission, s'est réveillé d'un seul coup. Il a grogné quelques mots inaudibles, son œil jusque-là vitreux s'est illuminé, puis il a annoncé d'une voix rugueuse :

– Capitone et Estève, sortez des rangs.

Un murmure a parcouru la troupe. L'adjudant avait choisi Matteo et Tanguy sans aucune hésitation. Savait-il quelque chose à propos de leurs activités nocturnes, et dans ce cas jouait-il un jeu diabolique ? Ou bien avait-il désigné ces hommes de manière fortuite ? Personne n'était en mesure de répondre. Ce qui était certain, en revanche, c'était que Braque ne savait rien. D'ailleurs, tout occupé à lisser sa moustache avec son index droit, il n'avait même pas accordé un regard aux deux malheureux qui emboîtaient le pas de leur adjudant et se dirigeaient vers le peloton d'exécution.

Lorsque Matteo et Tanguy sont passés devant moi, en proie à la détresse la plus profonde, j'ai bien tenté de leur dire quelque chose pour les aider, mais rien ne m'est venu à l'esprit. Et puis parler pour dire quoi ? Cela n'aurait servi qu'à éveiller les soupçons du commandant.

L'As de Pique a menacé les deux malheureux avec son arme et les a contraints à le suivre. À quinze mètres de là attendait un mur contre lequel ils ont plaqué leur dos, les mains liées et les yeux bandés. Tandis que l'adjudant se livrait à son spectacle macabre sous les yeux horrifiés des hommes, Braque, imperturbable, a repris :

– Je donne une minute à votre caporal pour me livrer les noms des coupables. Dans le cas contraire, ces deux hommes seront tenus pour responsables des faits et passés par les armes.

Le commandant s'est tourné vers moi, un sourire sardonique aux lèvres. Il était pourtant loin d'imaginer le pathétique de la situation. Quant à moi, j'étais pris au piège, forcé à avouer. Mais que dire ? La vérité ? Certainement pas. J'avais trop d'estime pour Matteo et Tanguy. Quant à livrer deux noms au hasard, il n'en était pas question. L'injustice en aurait été décuplée. Comment sauver la vie de ces hommes sans risquer celles de deux innocents ?

– Plus que trente secondes…

J'ai commencé à sentir la panique s'emparer de moi. Une sueur froide s'est mise à couler le long de mon échine.

– Dix secondes.

Il me fallait trouver une parade, inventer quelque chose. Mais quoi ? J'avais beau me creuser la cervelle, je ne trouvais aucune échappatoire.

– Trois, deux, un… zéro. Très bien, caporal Mars, la partie est finie. Donnez-moi les noms des deux coupables.

Soudain, au moment où a sonné le gong, une idée lumineuse m'est venue à l'esprit. Une de ces idées qui, quelquefois, vous donnent un air d'intelligence profonde.

– Mon commandant, je ne connais qu'un seul des deux responsables. Si je vous livre son nom, vous me promettez de classer cette affaire ?

Braque a paru surpris. Il a réfléchi quelques secondes, a semblé hésiter, jetant un regard torve vers Matteo et Tanguy qui attendaient la mort en silence, puis a annoncé :

– Je vous donne ma parole d'officier.

Un long silence. Toute la compagnie avait les yeux rivés sur moi. Matteo et Tanguy, je peux le jurer, n'en menaient pas large.

– Alors, ce nom ? a assené l'officier, croyant que je cherchais encore à gagner du temps.

Mais je n'avais plus rien d'autre à faire que de livrer un nom, un seul, et tout serait dit.

– Le responsable de ce commerce illicite, c'est Veuillot, mon commandant.

L'étonnement s'est lu sur le visage crispé du commandant Braque, qui a demandé d'une voix courroucée :

– Qui est Veuillot ?

Comme personne ne répondait à sa question, et qu'un long silence s'installait, l'officier a répété en hurlant :

– Qui est Veuillot, nom de Dieu !

Alors un soldat est sorti du rang, s'est mis au garde-à-vous et a annoncé :

– Veuillot, mon commandant, c'est le pauvre bougre qui est mort cette nuit. Il se trouvait à côté de l'As de Pique quand il a pris une rafale de mitraillette dans le buffet. On l'a enterré ce matin, à l'aube.

D'un ton ironique, j'ai ajouté :

– Ce qui explique, mon commandant, pourquoi il n'a pas eu le temps de mettre à l'abri le butin de cette nuit.

Braque, bien sûr, n'en a pas cru un mot. Il s'est tourné vers moi et m'a jeté un regard assassin. Il venait de comprendre que je l'avais dupé, mais qu'il ne pouvait rien faire. Il avait donné sa parole d'officier.

– Je vous revaudrai ça, caporal Mars. Vous pouvez être certain que vous allez payer très cher cette petite farce.

Il a donné l'ordre à l'As de Pique de délivrer Matteo et Tanguy, m'a encore jaugé du regard, puis s'est éloigné, rouge de colère.

Je savais que je venais de me faire un ennemi, et pas des plus tendres. Mais qu'en Matteo et Tanguy, désormais j'avais deux compagnons pour la vie entière.

Après l'affaire Veuillot, nous ne nous sommes plus quittés, Matteo, Tanguy et moi. Autant dire que nous sommes devenus aussi inséparables que trois amis d'enfance qui se retrouvent après de longues années de séparation.

Le lendemain, Matteo est venu me voir, m'a serré la main et m'a confié d'un air guilleret :

– Désormais, Victorien, entre nous c'est à la vie à la mort !

Tanguy a fait de même et a ajouté :

– Si on buvait un coup pour fêter ça ?

Nous sommes allés tous les trois au mess où les deux hommes gardaient précieusement caché dans un réduit leur cargaison de vin et de liqueurs, et avons bu jusqu'à satiété. Lorsque l'effet de l'alcool s'est fait sentir, entre deux confidences Tanguy a joué un air sur l'instrument qu'il avait confectionné de ses mains et dont il ne se séparait jamais, même pour aller au combat.

– Ça te dirait de devenir nettoyeur ? m'a demandé Matteo.

– Je ne sais pas, il faut voir.

– Tu parles à un capo, a continué Tanguy tout en grattant sur les cordes de l'instrument. Ces gars-là ne mouillent pas leur chemise comme ça. Et puis nettoyeur de tranchées, c'est pas un métier pour des messieurs comme il faut.

– Tu as raison, a poursuivi Matteo. Victorien, il est pas comme nous. C'est un citadin et un gradé. Il veut pas se salir les mains.

– Oui, c'est un Lyonnais, faut pas oublier.

– Que vous dites ! ai-je répondu en balançant mon verre de droite et de gauche pour tenter de retrouver un équilibre de plus en plus instable. Je n'ai pas dit oui, mais je n'ai pas dit non. Faut que je réfléchisse... Et que j'obtienne la permission de Braque.

– Alors réfléchis vite, a dit Tanguy. Les places sont chères et on pourrait changer d'avis.

– D'autant plus que c'est ça et rester vivant ou prendre du galon et crever la bouche ouverte, a conclu Matteo en remplissant mon verre d'alcool de poire jusqu'à le faire déborder. Alors tu choisis quoi ?

Au final, Braque a trouvé l'idée excellente. C'est comme ça que, sans réellement comprendre ce qui m'arrivait, je me suis retrouvé quelques jours plus tard nettoyeur de tranchées.

Les premiers jours, il faut bien dire que ça n'a pas été une partie de plaisir. Des macchabées, des blessés, des agonisants, j'en ai vu plus qu'à mon tour. Des corps réduits à un amas de tripes, des corps en lambeaux, des corps à vif, des corps démembrés... Une montagne de corps qui n'avaient plus rien d'humain, et dont l'assemblage faisait songer à ces tableaux cubistes, déstructurés, effrayants, que je découvrirais plus tard dans les musées. Je crois que, sans Matteo et Tanguy, je n'aurais jamais continué cette tâche ingrate qui, au fond, m'a fait comprendre dans quel monde je me trouvais, et dans quelle époque je vivais, une époque de terreur et de mort. Mais l'homme se fait à tout, et le soldat davantage encore.

Deux semaines après avoir commencé ma nouvelle carrière, j'ai su que j'avais fait le bon choix.

– Vous aviez raison, les gars, ai-je confié à mes deux amis, un soir que nous rentrions de notre corvée quotidienne, chacun poussant devant lui une brouette dans laquelle gisait un malheureux troufion, ou du moins ce qu'il en restait. Il vaut mieux ramasser les cadavres que d'en devenir un.

Ainsi s'est passée l'année 1915, faite de petites victoires et de sombres défaites. Chaque armée, immobile, épuisée, exsangue, tentait de tenir et campait sur ses positions avec rage et détermination, en attendant des jours meilleurs.

En mai, des troupes anglaises fraîchement débarquées avaient permis la relève d'une de nos armées qui se concentra sur un périmètre situé entre les communes de Neuville-Saint-Vaast, de Souchez et d'Ablain-Saint-Nazaire. Malheureusement, la brèche créée par nos troupes pour rompre la ligne de front fut vite colmatée par les Allemands qui, eux aussi, avaient pris le temps de renforcer leurs troupes.

L'été 1915, malgré de multiples offensives et de nombreuses pertes, n'apporta rien de nouveau. L'impatience se faisait sentir. Les armées s'enlisaient. Les esprits s'échauffaient.

Au mois de septembre, enfin, une offensive d'envergure se prépara sur le front de Champagne. Du 25 au 29, sous une pluie torrentielle, les alliés opérèrent une percée et enlevèrent tour à tour l'épine de Védranges, la ferme de Navarin, Maison de Champagne et la Main de Massiges. Mais, passé l'effet de surprise, il fallut renoncer à avancer davantage, sous peine de pertes sévères.

En Artois, comme dans les Vosges, la désillusion fut la même. Après un bref coup d'éclat, il fallut se rendre à l'évidence : l'ennemi tenait bon.

Au début de l'année 1916, le conflit prit une tournure différente. Depuis quelques mois, la guerre semblait se concentrer dans un secteur plus au sud, et qui pour moi, comme pour tous mes camarades, n'était encore qu'un point imprécis sur une carte d'état-major.

Ce secteur, c'était Verdun. C'est là, apprit-on, que notre avenir allait se jouer.

Dès le début février, les troupes françaises, constatant la présence de divisions d'assaut allemandes et d'obusiers autrichiens sur les rives de la Meuse, organisèrent la défense autour de ce site stratégique.

C'est l'explosion d'un obus de 420 dans le palais épiscopal de Verdun qui donna le signal de la bataille. Dès lors, les hostilités ne cessèrent plus pendant de longs mois, chaque armée campant sur ses positions, résolue à tenir coûte que coûte.

À la fin de février, le duel était au point mort. Aucune des armées en présence n'avançait. Les tentatives d'incursion allemandes échouaient les unes après les autres car l'armée française avait établi quatre lignes de défense successives sur le flanc gauche de la Meuse. Chaque semaine, plus de 90 000 hommes et 50 000 tonnes de matériel étaient acheminés sur le champ de bataille. Chaque jour, des trains entiers de blessés repartaient vers Paris. Sans compter les dizaines de milliers de morts qu'on enterrait sur place ou que, faute de moyens de transport, on laissait pourrir dans les tranchées. Malgré cela, toutes les gazettes claironnaient que nous allions à la victoire... Un pont repris à l'ennemi ou une avancée d'une dizaine de mètres était fêté comme un triomphe.

Début mars, l'armée française ne tenait plus que par miracle. Il lui fallut des renforts, des vivres, des munitions, qui heureusement affluèrent de toutes parts à un rythme de plus en plus rapide pour continuer le combat. Des régiments entiers, en ce terrible début d'année 1916, furent envoyés à Verdun, aussitôt décimés, aussitôt remplacés par d'autres.

En ces premiers jours de mars, les poilus eurent même droit à la visite de Joffre sur le terrain, comme mon escouade au tout début de la guerre. Il félicita ses troupes en s'écriant :

– L'Allemagne escomptait le succès d'un effort qu'elle croyait irrésistible. Elle avait compté sans vous. Vous serez ceux dont on dira : ils ont barré aux Allemands la route de Verdun.

Mais cette fois, le contexte était différent, et cet homme bien nourri, sanglé dans son uniforme, leur sembla bien loin de leurs préoccupations de soldat en enfer. Sans aucun doute dormait-il chaque soir dans un lit douillet, dans quelque demeure seigneuriale des environs, un prieuré, un monastère, ou l'arrière-salle d'une mairie, mais jamais livré au froid de la nuit, le visage et le corps enfoncés dans la boue, grelottant sous les étoiles. Bien entendu, c'était déjà une légende, cet homme. Mais partageait-il ce que les soldats enduraient chaque jour ? Tous savaient que non.

D'ailleurs, il ne lui arriva rien, au général. Les Allemands ne tirèrent pas une seule balle durant le temps de sa visite. Eux aussi, comme tous les autres militaires en présence, devaient être impressionnés par la dimension mythique du personnage.

Verdun. Pour notre régiment basé à Ypres, ce nom n'évoquait rien de particulier. Pas encore. C'était un lieu comme un autre, une région fortifiée où se trouvaient cantonnées nos armées de réserve et où, pour l'heure, il ne se passait pas grand-chose. Du moins nous le laissait-on croire.

Ce que nous savions, en revanche, c'était que les Allemands avaient décidé d'attaquer ce secteur bien précis : là se trouvait l'ennemi le plus fort en son point le plus fort. Ce que nous ignorions, c'était quand exactement. Mais ce que nous devinions n'était pas plus réjouissant. À côté de ce qui nous attendait là-bas, l'enfer serait une consolation.

L'enfer, le commandant Braque n'allait pas tarder à nous y envoyer. Et de cinglante manière.

Je l'ai compris un matin de mars 1916, glacial et venteux. Une pluie mêlée de neige enveloppait la campagne belge, une neige lourde que les tourbillons de vent aspiraient pour mieux nous en cingler le visage.

Ce temps d'hiver, alors que le printemps n'était plus loin désormais, a fait naître dans mon cœur un étrange sentiment de désarroi. Tout en cheminant vers le mess des officiers, me sont venus à l'esprit quelques vers, souvenirs d'enfance, appris par cœur en cours élémentaire. *« Il pleure dans mon cœur comme il pleut sur la ville. »* Le chant de Verlaine convenait à merveille à ce décor hiémal, cet horizon grisâtre et opaque au-dessus duquel pendaient du ciel de grands lambeaux de brume, menaçants, prêts à nous fondre dessus, comme si la nature se préparait à une cérémonie funèbre.

Le commandant m'avait fait appeler dans son bureau de campagne – en fait les locaux administratifs de l'école élémentaire d'Ypres que l'armée avait réquisitionnée pour le confort des gradés. En arrivant au quartier général, je me suis présenté au soldat de faction, un Gascon à moustaches et à l'accent chantant, qui m'a fait attendre dans la cour quelques minutes. J'étais tellement transi de froid et d'humidité qu'il m'a fallu battre la semelle sur le pavé pour empêcher mes membres de s'engourdir. Le sol était recouvert d'une fine couche de givre sur laquelle j'ai failli glisser à plusieurs reprises. Sur la pelouse, la neige épaississait peu à peu, lui donnant l'éclat d'un tapis de diamants. Au-dessus de moi, silencieux et indifférents, passaient deux colverts. La saison morte battait son plein.

J'ai songé, je ne sais pourquoi, à Apolline et au jour de notre rencontre. Tout cela s'était déroulé dans une autre vie, six années plus tôt. C'était la fin de l'hiver, dans le parc de la Tête d'Or, à Lyon. Je rentrais d'un canotage sur le lac, comme souvent le dimanche, lorsque j'ai aperçu la silhouette d'une jeune femme déambulant sur le ponton, et tenant une ombrelle à la main. Elle était accompagnée d'une amie, et toutes deux riaient aux éclats. Le visage de cette jeune femme était si doux, et son rire si pur que j'avais été aussitôt subjugué par cette apparition. En m'approchant de la rive, un peu troublé, j'avais manqué chavirer et tomber à l'eau. C'est grâce à une prouesse digne d'un acrobate de cirque que j'ai pu retrouver mon équilibre en m'appuyant au ponton. En relevant la tête, j'ai vu une main de femme tendue vers moi, prête à me tirer de ce faux pas. Je l'ai saisie avec une énergie peu commune. Cette main, c'était celle d'Apolline. Au contact de ma chair, la jeune femme avait tressailli, et moi de même. Dans le ciel, à ce moment précis, étaient passés deux colverts, deux colverts dont le vol régulier et le cancan joyeux préfiguraient une union harmonieuse et profonde.

Lorsque la sentinelle est revenue, me tirant de ma rêverie, elle m'a lancé d'un ton joyeux en roulant les *r* dans un torrent de rocaille :

– Le commandant vous attend. Trrroisième porrrte à drrroite au fond du couloirrr.

J'ai soupiré en songeant à Apolline et aux heures bleues d'avant-guerre, au canotage sur le lac, à son sourire, à son rire, surtout son rire. Puis très vite la noirceur de la réalité a repris ses droits. La sentinelle, après avoir claqué les talons, est retournée dans sa guérite, parce qu'il neigeait de plus en plus fort. Je l'ai saluée à mon tour et me suis engagé dans les couloirs de l'école.

L'établissement, d'architecture austère, l'était plus encore à cette heure matinale. Une école sans enfants, et investie par des militaires, cela vous a des allures de prison. Malgré mon appréhension, j'ai trouvé la porte sans difficulté, et frappé trois coups. La voix grave du commandant Braque m'a lancé :

– Entrez !

J'ai poussé la porte qui a grincé sur ses gonds et me suis engouffré à l'intérieur. La chaleur qui régnait dans la pièce m'a saisi à la gorge – une chaleur de four alors qu'au-dehors il gelait à pierre fendre et que des stalactites pendaient aux chenaux de la bâtisse. On se serait cru dans l'atelier d'un forgeron, ou près du four d'un boulanger, ou encore en enfer.

Braque était assis derrière sa table de travail, à côté d'un poêle en fonte porté au rouge, une tasse de café à la main. Il arborait un air réjoui, ce qui n'augurait rien de bon, comme j'allais l'apprendre à mes dépens.

Le plus curieux, c'était que le commandant n'était pas seul. Face à lui, debout et hiératiques, et qui semblaient attendre ainsi depuis des lustres, se tenaient Matteo Capitone et Tanguy Estève. Mes deux compagnons d'infortune, mes deux nettoyeurs de tranchées, mes deux ravitailleurs engoncés dans leurs uniformes, la mine basse et l'œil sombre. Matteo, égal à lui-même, m'a adressé un petit signe de la main auquel j'ai répondu aussitôt. Tanguy, quant à lui, non seulement ne me regardait pas, mais je ne suis pas certain qu'il m'ait entendu entrer. Ses yeux scrutaient le sol, il semblait ailleurs, perdu dans ses pensées.

J'ai deviné que ces deux-là, au retour d'une virée à Ypres, venaient de se faire prendre. Sur le bureau du commandant, s'alignait tout un assortiment de vins et d'alcools qui, cette fois, ne leur apporteraient qu'une sale ivresse et des ennuis à n'en plus finir. Et cela expliquait ma présence à leurs côtés. J'ai su très vite que Braque désirait nous faire payer l'affaire Veuillot, qu'il n'avait jamais digérée. Nous étions tous les trois réunis dans son bureau, pour attendre que le couperet tombât.

– Eh bien, caporal Mars, a commencé Braque entre

deux gorgées de café, nous n'attendions que vous pour commencer le bal.

Le bal. Voilà qui surprenait, dans la bouche du commandant, même si je subodorais que cette danse-là n'aurait rien d'une partie de plaisir et qu'elle nous conduirait aux arrêts de rigueur, peut-être même en cour martiale.

Le bal. J'ai aussitôt imaginé une danse de Saint-Guy dans quelque hôpital militaire, ou un menuet au son des mitrailleuses sur le front de l'Est, ou encore un fox-trot endiablé dans les colonies... Mais le sourire machiavélique de Braque m'a fait comprendre que j'étais bien en deçà de la vérité. La danse qui nous attendait, c'était le tango de la mort.

Il a ménagé un long silence. Puis est venue la sentence.

– Caporal Mars, a dit Braque en se levant brusquement de sa chaise et en saisissant sa cravache. Cette fois vous ne pourrez pas nier l'évidence. Ces deux lascars ont été pris sur le fait, cette nuit, au retour d'une escapade en ville. Ne me dites pas que vous n'étiez pas au courant, je ne vous croirais pas.

Comprenant que la partie était perdue d'avance, j'ai répondu :

– Je ne nierai pas, mon commandant. Même si je n'y ai jamais participé, j'étais parfaitement au courant de ce commerce. J'attends donc la sentence.

Et pan dans les dents. Braque, lui, n'en revient pas. Il croyait devoir nous cuisiner pendant des heures pour obtenir des aveux, et il les a sans poser la moindre question… Il est frustré. Il tapote l'angle du bureau avec son index.

– Puisque vous jouez franc-jeu, je vais moi aussi aller droit au but. Vous savez ce qui vous attend, tous les trois, si je vous dénonce à l'État-Major. Cour martiale, peloton d'exécution et tout le tintouin. Bref, rien de joyeux. Mais comme, à quelques exceptions près, vous êtes des éléments de valeur, je vous propose autre chose.

Une sueur glacée me coule le long du dos. Un compliment dans la bouche de Braque ne peut être que du fiel, un poison à retardement. Matteo et Tanguy eux aussi se sont raidis.

Le commandant se tourne vers le mur où est affichée une carte d'état-major et annonce :

– Les Allemands gagnent partout du terrain. Depuis un mois, ils ont concentré leurs effectifs en un point névralgique : Verdun.

Braque pointe l'extrémité de sa cravache sur ce point précis de l'est de la France et nous explique en quelques mots bien tranchants la topographie du terrain, ainsi que le nombre de forces en présence. Verdun. Le mot était lâché. Pour ma part, je m'étais informé, j'avais lu les journaux, il se passait là-bas des choses inquiétantes. Ceux qui en revenaient parlaient de ce champ de bataille comme d'une abomination. Un charnier à ciel ouvert. Les rescapés, souvent infirmes, estropiés à vie, n'avaient pas assez de mots pour décrire l'horreur vécue là-bas.

Jusque-là, les régiments basés dans le Nord avaient pu

y échapper. Dois-je comprendre qu'aujourd'hui les choses ont changé et qu'on nous envoie à notre tour au casse-pipe ?

– L'heure est grave, reprend Braque, nos troupes sur place ont un évident besoin de renforts. Malgré tous nos efforts, les boches sont en train de gagner du terrain.

– Et c'est pour nous apprendre que notre régiment est transféré là-bas que vous nous avez convoqués, mon commandant ? demandai-je d'une voix lasse.

Braque, visiblement agacé par ma remarque, me lance un regard noir.

– Non, caporal Mars. Le 124ᵉ d'infanterie demeure à Ypres. L'État-Major n'a pas jugé bon de dégarnir nos lignes. Il serait malvenu que l'ennemi nous prenne à revers et finisse par nous encercler de toutes parts.

Narquois, il nous fait languir quelques secondes, puis avoue enfin :

– Pour contrecarrer l'avancée de l'ennemi, les chefs de l'armée française ont décidé de créer un bataillon spécial. Une escouade de soldats dignes et courageux, qui aura pour mission d'infiltrer l'ennemi sur son territoire. Rien que des héros, des soldats hors pair, l'élite de notre nation. Et qui formeront l'Escouade des Braves…

Un sourire mielleux, puis cet aveu :

– Lorsque j'ai reçu l'ordre de choisir trois de mes meilleurs éléments pour cette escouade, j'ai tout de suite pensé à vous.

Matteo, Tanguy et moi nous regardons tous les trois. Cette fois, Braque jubile, il tient sa revanche, bien résolu à aller jusqu'au bout. Il sait surtout que nous ne reviendrons pas de cet enfer, que ce bataillon voué à jouer les boucs émissaires consiste à se débarrasser des importuns, des parias, des fortes têtes et des criminels. Il nous envoie à la mort. Mais présenté de la sorte, avec des formules en rubans dorés autour du paquet, cela peut ressembler à un joli cadeau.

Sans un mot, l'officier pose devant nos yeux ébahis trois documents identiques, et qui contiennent notre ordre de mutation.

– Vous n'avez qu'une signature à apposer au bas de cette page, et nous serons quittes. Vous de partir, moi d'oublier notre différend.

– Et si on refuse ? demande alors Matteo d'une voix qu'il veut la plus neutre possible, ni trop servile, ni trop agressive.

– Dans ce cas, vous passerez en Conseil de guerre pour désobéissance et insubordination. Et je ne donne pas cher de votre peau.

Nous savons tous les trois ce que cela signifie : la mort assurée dans quelque cul-de-basse-fosse, avec pour toute sépulture un nom gravé sur la pierre tombale d'un cimetière militaire.

– C'est votre unique chance. Signez ici et nous serons quittes, répète-t-il en pointant son index au bas du document.

Un temps. Tanguy, toujours inerte, attend un geste de la part de Matteo. Mais comme ce dernier ne bouge pas, je décide de prendre les devants :

– C'est d'accord.

Je saisis une plume sur le bureau, la trempe dans l'encrier et appose ma signature au bas de la feuille. Puis je la tends à Matteo qui, après quelques secondes d'hésitation, finit lui aussi par acquiescer. Il ne reste plus que Tanguy, et la farce est jouée.

Le visage du commandant semble transfiguré, radieux, comme ces petits angelots de marbre qu'on aperçoit au fronton des cathédrales. Il vient de se débarrasser de nous d'un trait de plume. Lui n'ira pas à Verdun. Nos routes ne se croiseront plus.

Braque se rassoit à son bureau, récupère de la main gauche sa tasse de café, tandis que, du revers de la droite, il caresse avec une infinie délicatesse sa barbe naissante, bien à rebrousse-poil, afin que tous entendent le crissement affreux de ses doigts contre son visage. Ses yeux, je les aperçois vraiment pour la première fois. D'une teinte indéfinissable, entre le gris et le bistre. Des yeux de salopard. De salopard de gradé. Je commence à perdre contenance, la rage me gagne peu à peu et, pour ne pas succomber, je me mords les lèvres jusqu'au sang. Il me faut partir très vite, loin d'ici, loin de tout, sinon je ne réponds plus de rien. La chaleur du poêle m'est devenue insupportable. Je ne peux rester dans cette fournaise un instant de plus. Je vais faire un malheur. À mon ceinturon, j'ai une arme de petit calibre. Je pourrais m'en saisir, la pointer sur ce fumier et lui éclater la tête. J'imagine déjà le sang maculant les murs, la cervelle répandue sur les beaux dossiers bien rangés par ordre alphabétique sur le bureau. Cela créerait un beau désordre. Et m'offrirait un billet illico pour le peloton d'exécution. Mais quelle jouissance ce serait !

Matteo a deviné mon intention. Bien avant que je n'esquisse le moindre geste, il pose sa main sur mon avant-bras et secoue la tête. Je lui jette un regard désespéré, mais je réussis à me calmer, à me convaincre qu'un tel acte ne servirait à rien, si ce n'est à précipiter l'échéance inéluctable, en me privant d'instants de vie précieux.

Au moment de franchir le seuil, la voix résonne à mes oreilles :

– J'ai oublié de vous dire une dernière chose : l'Escouade des Braves servira sous les ordres de l'As de Pique. Maintenant, messieurs, il me reste à vous souhaiter bonne chance.

Verdun. Notre nouveau décor pour les mois à venir.

Quatre jours après notre entretien avec le commandant Braque, Matteo, Tanguy et moi quittons le 124e d'infanterie pour le bataillon spécial réclamé d'urgence par l'armée française.

Nous prenons le train jusqu'à Château-Thierry, puis un convoi militaire nous conduit vers ce coin de terre qui n'a plus rien d'humain. Et pourtant cela grouille d'hommes, par dizaines de milliers. Du moins ce qu'il en reste, après des semaines d'un combat acharné.

Quand nous arrivons sur place, la stupeur nous fige. Un paysage de fin du monde. Verdun n'est plus qu'un immense cratère dont chaque parcelle de terrain a été creusée, retournée, pour former des tranchées reliées entre elles par des boyaux. Des kilomètres de barbelés ont été déroulés, formant un obstacle inextricable qui nous sépare de l'ennemi.

L'As de Pique est déjà à pied d'œuvre, le long de la cote 304, à aboyer ses ordres aux pauvres gars de l'escouade dont nous venons renforcer les rangs. Lorsqu'il nous aperçoit, la mine basse et l'air hagard, son regard s'embrase d'une lueur qui nous fait froid dans le dos.

– Bienvenue dans le chaudron, les gars !

C'est vrai, Verdun est une véritable marmite, un cratère immense que les batteries mitraillent à longueur de journée. Fait nouveau, apparaissent dans le ciel des avions qui survolent les tranchées et nous arrosent d'une grêle de balles.

À peine avons-nous le temps de prendre nos quartiers que déjà les Allemands organisent une offensive et nous envoient une salve d'obus. Il faut se trouver une planque et y rester en attendant que ça passe.

– Cachons-nous là, lance Matteo en désignant un réduit de deux mètres sur trois creusé dans le sol et qu'aucun soldat de l'escouade, étrangement, ne songe à occuper.

L'As de Pique, lui, se retranche dans la guérite située au bout du boyau qui nous sert de tranchée. Il a un téléphone à la main, relié par un long fil au poste principal, qui le met en relation avec l'État-Major resté en retrait, à quelques kilomètres de là.

– Bordel ! hurle-t-il dans le combiné à l'adresse sans doute d'un colonel ou d'un général, on est en train d'essuyer des tirs de .75 et vous me parlez de lancer une offensive ! Je voudrais bien vous y voir, vous et vos galons sur le terrain !

Il est comme ça, l'As de Pique. Il ne mâche pas ses

mots, même face à un supérieur. Il faut dire que ce que nous demande ce gradé de malheur relève de la folie. Le secteur, d'ailleurs, sera pilonné quatre heures durant, sans aucun répit.

Lorsque le calme revient enfin, il est près de huit heures du soir. Le lendemain, on comptera les morts par dizaines.

– Eh bien, dis-je à l'adresse de mes deux compagnons, on peut sortir, l'averse est passée.

Ce n'est qu'en nous extirpant du réduit dans lequel nous nous étions réfugiés que nous comprenons pourquoi personne n'a songé à nous rejoindre.

Nous étions dans la réserve de munitions.

Notre tranchée, celle où nous allions passer les prochains mois à tenter de survivre dans la boue et la puanteur, portait le numéro 7. Du moins était-elle ainsi référencée sur les cartes d'état-major de l'armée française. En vérité, les soldats l'avaient affublée d'un autre nom, bien moins impersonnel et plus engageant, surtout quand on y croupit de longues semaines, coupé du monde et de ses joies ordinaires.

On l'appelait Acapulco.

Cela ne voulait pas dire grand-chose, mais quitte à patauger à longueur de temps, dans un trou rempli de boue et gorgé de pluie, fondrière étayée à la va-vite par des clayonnages qui menacent à tout moment de s'écrouler et de vous ensevelir sous des tonnes de terre, autant l'agrémenter de plaisants artifices. Au moins, lorsqu'on y trépasse, a-t-on l'illusion de mourir sous l'ardent soleil du Mexique. Finir à Acapulco, en pleine guerre des tranchées, c'était prendre une fichue revanche sur la mort.

Autant que je m'en souvienne, l'endroit le plus

angoissant pour le soldat, ce n'était pas les tranchées, mais cet espace de terre entre les positions françaises et allemandes, cette bande de territoire qui n'appartenait à personne et qu'on nommait le no man's land. Un nom qui nous glaçait. Le domaine de la gadoue et du sang. Désertique, isolé, habité seulement par les âmes des soldats qui y avaient trouvé la mort.

On en avait fait une chanson.

Au-delà du no man's land
J'ai laissé ma vie
Et je pleure et je tremble
À l'idée de la finir ici

Au-delà du no man's land
J'ai laissé ma fiancée
Où en silence m'attendent
Mes plus belles années

Il faut dire que les soldats, pour tuer le temps quand le temps ne les tuait pas lui-même, passaient leurs maigres heures de repos à inventer de quoi embellir le monde. Leur monde. Certains se consolaient à coups de souvenirs d'avant, je veux dire avant la guerre, quand le monde portait encore ses habits de fête et que flottait dans l'air ce parfum de victoire. Ils évoquaient les senteurs qu'exhalent les champs de fleurs en mai, le parfum de la terre après l'orage, les effluves doux de l'automne lorsque apparaissent les premiers champignons dans les bois, l'odeur des fleurs que les premiers froids assassinent. Ou bien ils racontaient ces dimanches passés dans les guinguettes des bords de Marne, cabarets longeant la Seine, à guincher à l'ombre des saules pleureurs et des peupliers.

D'autres lisaient les journaux souvent rédigés et imprimés sur place par les soldats eux-mêmes. Ainsi circulaient entre nous *l'Écho des gourbis, le Crapouillot, le Canard des poilus, le Rire aux éclats, le Cri du boyau, la Marmite du poilu, le Vide-boche, le Zimboumpanvlan...*

Ces canards du front, c'étaient des textes simples, mais soudain ils prenaient des allures de trésors inaccessibles. Fils ténus qui vous rattachent à la vie et au monde.

Le no man's land, c'était aussi cet état végétatif et hagard dans lequel chacun était projeté face à ce spectacle de désolation que formait cette colline de Verdun trouée de boyaux où gisaient pêle-mêle une multitude de corps pulvérisés par une guerre sans merci.

Le no man's land, c'était également emprunter le boyau sous le feu de l'ennemi jusqu'à la casemate du capitaine, en revenir en courant et découvrir quelques secondes plus tard, en se retournant, que la casemate n'existait plus, pas davantage que le capitaine dont on retrouvait les membres aux quatre coins de la tranchée.

Le no man's land, c'était rester de garde toute la nuit, face à un ennemi qu'on devinait au loin mais qu'on n'apercevait jamais, c'était lutter contre la fatigue, trembler de peur et de froid, puis sombrer dans un demi-sommeil, seul, perdu, en plein cœur de la folie du monde.

C'est également aux frontières du no man's land, dans la tranchée N° 7, qu'un soir j'ai rencontré un soldat un peu particulier, et qui allait devenir le quatrième homme de notre fratrie.

Lui aussi, tout comme Matteo, Tanguy et moi, servait dans l'Escouade des Braves sous les ordres de l'As de Pique. Étrangement, il me fallut plusieurs jours pour remarquer sa présence. Sans doute était-il si discret, si recroquevillé sur lui-même qu'il était impossible de le dissocier de tous les autres soldats.

À l'horizon, se dessinait un crépuscule de feu noir avec, çà et là, quelques grains d'or rouge. On venait d'essuyer une belle fusillade de la part des Allemands, sur le flanc est de notre position, une fusillade qui avait fait un mort et trois blessés graves. Malgré cela, le colonel dirigeant la cote 304 avait donné l'ordre de rester sur place et de tenir coûte que coûte, puis d'attaquer à l'aube, ordres qui avaient été scrupuleusement appliqués par l'As de Pique.

Alors que nous attendions le moment fatidique, j'ai

aperçu un homme qui dessinait avec des crayons de couleur sur les pages d'un carnet. Ce qu'il dessinait, je ne peux pas le dire. Peut-être était-ce ce qu'il voyait, peut-être ce qu'il imaginait. En tout cas, c'était quelque chose d'indéfinissable, qui ressemblait plus à une esquisse abstraite qu'à du figuratif, un tableau étrange rempli de couleurs et de formes inquiétantes.

– Qu'est-ce que tu fais ? lui ai-je demandé en m'approchant de lui.

L'homme s'est retourné, m'a dévisagé un instant, puis a continué son travail.

– Ça ne se voit pas ? Je dessine.

Sans répondre, j'ai sorti une cigarette de ma poche, et l'ai allumée, tout en observant attentivement son travail. Au loin, par-delà les barbelés, je pouvais voir les feux qu'avaient allumés les Allemands dans leurs tranchées. Eux aussi devaient être épuisés, à bout de forces. Il n'y aurait plus d'échanges de feu avant demain.

– Et qu'est-ce que tu dessines ?

Un autre silence. Plus long que le précédent. Puis, cet homme a prononcé cette phrase qui résonne encore en moi bien des années après :

– Je peins la guerre parce que c'est tout ce que je connais.

Il avait raison. Un peintre, c'est avant tout un témoin. Il peint ce qu'il voit, même s'il s'agit de blessés, de cadavres, de feu, de sang et de souffrances, de pleurs ou de larmes. Il dessine ce qui constitue la grande fresque de la guerre. L'horreur à l'état brut.

Et pourtant, ce qu'il croquait était beau. Miraculeusement beau. Chaque détail trouvait sa place, dans un grand tableau qui racontait la vie des soldats.

Cet homme, je l'ai compris très vite, n'était pas comme les autres. C'était avant tout un artiste. Mieux, un magicien. Quelqu'un qui avait le don de redonner de la couleur à ce qui n'en avait plus.

Je me suis approché de lui, lui ai tendu une cigarette qu'il a refusée, et je lui ai demandé :

– Je peux regarder ?

Il a semblé surpris de ma demande. Il m'a jeté un regard hésitant.

– Je t'en prie. Je veux simplement regarder. Après, je te le rends.

Il a hésité encore, puis m'a tendu le carnet d'une main fébrile, carnet que j'ai feuilleté rapidement, sans prononcer la moindre parole. Et là j'ai compris bien des choses à propos de lui. Certes, il dessinait ce qu'il voyait, des scènes de batailles, des portraits de soldats blessés, d'agonisants, la guerre en miniature, en somme. Mais surtout il possédait la patte d'un maître, le don si rare de trouver le trait juste pour intensifier un visage, la ligne qui saura exprimer un corps, le détail qui transforme un simple dessin en œuvre d'art.

– Tu es doué. Très doué, ai-je avoué en lui rendant le carnet.

Il a eu un sourire gêné, mais heureux.

Nous étions là, perdus dans le conflit, et pourtant nous avons partagé un instant de bonheur absolu. Grâce à quelques dessins sur les pages d'un carnet. Et qui soudain parlaient de notre vie autrement. La laideur reculait.

– Je ne sais pas si je fais bien. En tout cas, je ne sais rien faire d'autre.

J'ai souri à mon tour.

– Même faire la guerre et te battre ?

– Ça non, je ne sais pas.

– Alors pourquoi es-tu là ?

– Parce que j'ai l'âge et que je n'ai pas eu le choix. Personne n'a le choix, d'ailleurs, de vivre comme il l'entend.

C'était vrai, aussi n'ai-je rien répondu. Je suis resté là, à tirer sur ma cigarette jusqu'à ce que la dernière volute de fumée s'envole dans le ciel. Puis je lui ai demandé :

– Quel est ton nom ?

– Luc Berger. Et toi ?

– Victorien Mars.

– Ça, c'est un nom pour faire la guerre.

– Tu as tort. Je crois que, excepté quelques généraux, personne n'a envie de la faire, cette guerre.

Luc a acquiescé, a contemplé une dernière fois le dessin qu'il venait d'achever et, d'un geste sec, a refermé son carnet.

– Allons, il est temps de prendre un peu de repos, a-t-il dit avant de s'allonger sur sa paillasse et de tirer à lui une mauvaise couverture.

Je l'ai imité aussitôt, étendu à ses côtés. Et nous sommes restés de longues minutes sans parler. Puis, intrigué, j'ai demandé :

– Ça fait longtemps que tu fais ça ?
– Quoi donc ?
– Remplir ce carnet.
– Depuis le premier jour.
– Je trouve ça tellement beau. Pourtant, je n'y connais rien en peinture.
– Je fais ça pour ma femme. Elle est très belle, tu sais.
Il a entrouvert sa chemise et en a extirpé un médaillon en argent renfermant le portrait d'une femme au visage d'un ovale parfait.
– Elle s'appelle Nathalie. Et toi, ta femme, comment s'appelle-t-elle ?
J'ai soupiré longuement :
– Je n'ai pas de femme... Du moins, je n'en ai plus...
– Je suis désolé..., a-t-il dit en remettant le médaillon bien à l'abri contre sa poitrine.
Avant qu'il ne continue à s'excuser, j'ai ajouté :
– Tu ne pouvais pas savoir, ce n'est pas ta faute.
– Comment s'appelait-elle, alors ?
J'ai hésité à répondre, puis j'ai fini par avouer :
– Apolline... Mais je préférerais qu'on parle d'autre chose...
Luc a compris, il n'a pas insisté.
– Victorien...
– Oui...
– Tu crois que ça sert à quelque chose, tout ça ? Cette guerre, ce carnage...
Un temps.
– Comment savoir ?

– Tu crois qu'on pourra s'en sortir un jour ?

– Bien sûr. Ça, j'en suis persuadé. Je suis certain que tous les deux, nous sommes nés sous une bonne étoile. Regarde, ça fait deux ans que la guerre a commencé, et toi et moi on est toujours vivants. Maintenant, il faut dormir un peu. Bonne nuit à toi, Luc.

– Bonne nuit, Victorien.

La nuit est passée lentement, comme un train de sénateurs. J'avais beau être écrasé de fatigue, je ne parvenais pas à trouver le repos. Mon compagnon, lui, semblait plus paisible. Sa respiration régulière prouvait qu'il avait réussi à s'endormir.

J'ai songé à Apolline. Une fois de plus. J'ai regardé le ciel au-dessus de moi, les étoiles brillaient dans la nuit glacée comme des lucioles. J'ai tenté de me persuader que l'une d'elles abritait l'âme et le souvenir de notre amour. J'en ai choisi une au hasard, attiré par son éclat doré, et je me suis fait la promesse, aussi longtemps que je serais en vie, de lui faire chaque soir l'offrande d'une prière afin de l'honorer. Je ne savais rien d'elle, pourtant c'était comme si elle représentait tout pour moi, petite lueur perdue dans une mer de lueurs, point fragile figé dans la constellation des mirages.

Le lendemain, j'ai compris que l'étoile qui me protégeait était bien loin dans l'univers et que ma vie n'était qu'un fil ténu qu'un seul claquement de fusil pouvait trancher à jamais. J'en ai eu la certitude lorsque, aux premières lueurs de l'aube, l'As de Pique a réveillé toute la tranchée en hurlant :

– À dix heures, on passe à l'attaque !

Cette nuit, quelques soldats allemands plus téméraires ont réussi à franchir nos lignes et à pénétrer dans notre tranchée. Ils ont égorgé à l'arme blanche trois soldats, ont volé des munitions et sont repartis avant que quiconque puisse donner l'alerte. Ce qui, paraît-il, a rendu fou de rage le colonel dirigeant la cote 304, qui ne pense qu'à se venger.

À l'annonce de l'attaque imminente, toute l'escouade sort de sa torpeur et entre de plein fouet dans le réel. On se prépare, on fait provision de courage, certains écrivent une lettre à leur femme, d'autres se mettent à prier comme si le bon Dieu pouvait encore faire quelque chose pour eux, boivent une gorgée de gnôle, une deuxième, puis une troisième. Quant à moi, je fume un peu de tabac et j'essaie de ne penser à rien. Penser à rien, foutaises. Une seule sortie avec l'As de Pique est vécue comme un traumatisme.

À dix minutes de l'attaque, l'adjudant donne un nouvel ordre. L'assaut est reporté au début de l'après-midi, à 14 heures. C'est un soulagement pour certains, une déception pour d'autres. Au fond, ce n'est qu'un sursis. On va tout de même finir par y aller.

Dans l'attente, chacun s'occupe comme il le peut. Matteo sifflote un air de musique, Tanguy l'accompagne sur son instrument. Quant à Luc, il éructe, au milieu de borborygmes :

– Si au moins nous avions le ventre plein pour aller au combat.

Il est vrai que notre pitance est maigre et qu'il faut se battre pour obtenir autre chose qu'un brouet infâme. Comment tenir sans avoir des vertiges ?

C'est alors que je m'approche de mes compagnons, exhibe de ma poche une feuille imprimée et dis :

– Vous savez ce que c'est, ça ?

Les trois hommes jettent un œil distrait sur le papier que je leur tends.

– On dirait un menu de mariage, dit Luc.

– Exact. Celui de mon mariage.

Apolline et moi nous étions mariés le 25 octobre 1911, un jour d'automne tiédi par un soleil couleur de cuivre, comme si le ciel conjurait, par les douceurs d'un été indien, le long hiver à venir. C'était un beau mariage, sur l'île Sainte-Barbe, à Lyon. J'avais gardé le carton du menu dans la poche de ma veste, et je le relisais parfois, lorsque la vie devient trop sombre, et qu'il faut l'enjoliver avec des souvenirs.

MENU
Hors-d'œuvres à la Lyonnaise
Feuilletés de Volaille Princesse
Quenelles de brochet sauce Nantua
Filet de bœuf piqué au Malvoisie et truffes
Poulets de Houdan à la broche
Salade de saison
Petits pois à la française
Haricots Verts Maître d'Hôtel
Glace Marjolaine
Petits-fours
Fromages
Corbeille de fruits
Bugnes
Vin de Madère
Pouilly Mâcon
Saint-Joseph
Champagne
Café et liqueurs

Pour moi, c'était bien entendu un souvenir délectable, mais pour Matteo, Tanguy et Luc, chaque mot, chaque mets devenait un supplice. La faim nous tenaillait le ventre et il fallait aller au combat.

– C'est pas vrai, Victorien…

– Qu'est-ce qui n'est pas vrai, Matteo ?

– C'est pas vrai que vous avez mangé tout ça, alors qu'aujourd'hui on crève de faim ?

– Si, c'est vrai. Malheureusement…

Le regard de Matteo en disait long, lui qui venait d'un pays, l'Italie, où la gastronomie est un art de vivre. Tanguy en fermait les yeux, le Sud-Ouest n'a jamais été en reste pour ce genre de choses. Seul Luc ne disait rien, mais n'en pensait pas moins.

Ce mariage, c'était il y a un peu moins de cinq ans. Un autre monde. Une autre vie qu'il faut pourtant oublier si on veut guérir des regrets.

Les minutes passent. Je regarde ma montre. Il est bientôt l'heure de partir au combat. L'As de Pique, qui vient de se réveiller de sa sieste, nous fait un geste de la main.

– On y va dans dix minutes, les gars.

Dix minutes et on nous envoie à la mort. En tout nous sommes une vingtaine d'hommes dans la section. Chacun semble tranquille, mais c'est un leurre. En vérité, la peur nous tétanise. À mes côtés, un de mes compagnons fait le signe de croix. Un autre embrasse une dernière fois la médaille de baptême qu'il porte autour du cou. Quant à moi, je prie en fermant les yeux. La prière, c'est tout ce qui demeure lumineux dans ce champ de mort et de solitude. Bien que nous soyons des milliers, à Verdun, chacun se retrouve seul face à Dieu et à son destin.

Un fracas assourdissant déchire le silence. Ce sont les nôtres qui pilonnent les lignes ennemies pour nous préparer le terrain. Une pluie de feu qui dure de six à sept minutes sans la moindre interruption.

– À l'assaut ! crie enfin l'As de Pique.

Cette fois, il n'est plus temps de rien, et encore moins de penser. Il faut agir, et vite, avant que le ballet des mitrailleuses ne se mette en branle et déverse sur nous une averse de grêle venue des enfers. On part enfin, chacun rasant le sol du mieux qu'il peut, se protégeant la tête de la main gauche dès que résonne à nos oreilles le sifflement d'un obus, tandis que l'autre main, la droite, est agrippée au lebel sans lequel il n'y a pas d'espoir de retour.

Une fois franchie la barrière des premiers barbelés, on entre dans le territoire du no man's land. De l'autre côté, les Allemands, que le pilonnage de nos batteries n'a ni réduits en bouillie ni contraints à abandonner leurs positions, commencent à nous tirer dessus. Certains de mes camarades tombent sous les balles adverses. Beaucoup ne reviendront pas. C'est cela, le pire. Se faire à l'idée de ne pas revenir.

Ce jour-là, l'As de Pique est au paroxysme de la folie sanguinaire. Resté en retrait pour s'assurer qu'aucun des hommes de l'escouade ne flanche au dernier moment, il fonce tête baissée dans la mêlée en hurlant comme une bête. D'un coup de fusil, il abat un soldat allemand, en éventre un deuxième avec le fil aiguisé de sa baïonnette, défonce avec sa crosse le crâne d'un troisième qui le charge d'un peu trop près, s'arrête, recharge, puis repart à l'attaque, guerrier invincible et sans peur, âme damnée, héros de toute une armée, rouage indispensable d'une mécanique qui nous conduit tout droit à la victoire.

Un instant, pourtant, la mécanique s'enraye. À quelques pas devant nous, un de nos compagnons vient de mettre un genou à terre. Cet homme, c'est Keller. Un Alsacien au teint blafard qui ne parle qu'un patois impossible à comprendre. Épuisé, harassé sans doute par la lourde charge de son barda, il s'en défait et le pose à ses côtés, ainsi que son arme. Strictement interdit par le règlement, et surtout très dangereux au moment de l'attaque, mais que faire ? Lui intimer l'ordre de poursuivre ? Le blâmer pour cela ? Je n'en ai aucune envie.

Keller demeure ainsi quelques secondes, à tenter de recouvrer un peu de souffle ou de courage. Je m'avance en rampant, sans me soucier de lui. Après tout, c'est son affaire, pas la mienne. J'entends alors le claquement d'un fusil. Lorsque je me retourne, Keller a la bouche ouverte, les yeux dans le vide et un trou au milieu du front. Il est mort, d'une balle en pleine tête.

Et pourtant, Keller n'a pas été fauché par une balle ennemie. Cela, j'en ai la certitude. D'ailleurs, il tournait le dos à la tranchée allemande.

Je scrute alors l'horizon, pour tenter de comprendre qui a bien pu tirer. Et c'est là que je découvre, à quelques mètres en arrière, l'ombre inquiétante de l'As de Pique, un large sourire aux lèvres, et qui recharge lentement son fusil sans se soucier de rien.

Peu après la mort de Keller, un aumônier est venu nous visiter à Acapulco. C'était la première fois qu'un homme d'Église faisait son apparition dans la tranchée N° 7 de Verdun.

Celui-là, chauve et glabre, avait le regard triste comme s'il était déjà mort depuis longtemps et qu'il ne croyait plus qu'une rémission fût possible. Par une de ces étrangetés de la nature, il portait sur la joue droite deux fines cicatrices superposées formant une croix. Certains y auraient vu le sceau de Dieu, moi je n'y vis qu'un symbole de plus, et qui me fit horreur.

– N'ayez pas peur, mon fils, a tenté de me rassurer l'aumônier en me voyant reculer, je viens vous porter la parole du Christ.

Il a touché mon front et m'a béni en prononçant quelques formules latines, mais j'ai bien deviné qu'il était las lui aussi, et que pas plus que moi il ne croyait à ce qu'il disait. Sans doute le spectacle de Verdun lui avait-il fait perdre la foi.

– Allez au diable ! ai-je hurlé.

Dans les mains, je tenais avec une force inouïe le peu qui me rattachait au bonheur : la montre à gousset et le menu de mariage. Tout le reste pouvait disparaître, je n'en avais cure, car le reste était laid et je ne pouvais plus souffrir cette laideur, surtout le visage de cet homme à l'haleine chargée et au regard fuyant. L'aumônier a eu un regard d'effroi, mais n'a rien rétorqué.

– Allez-vous-en, ai-je répété.

J'étais hagard, livide. La mort de Keller, décidément, ne passait pas. Elle confirmait ce que je pressentais depuis le jour où Apolline avait disparu : Dieu avait été remplacé par le diable et il n'y avait plus d'espoir ni de rémission possible.

Je venais, pour la première fois de mon existence, de comprendre que je n'étais rien, si ce n'est un numéro dans une liste infinie, et qui bientôt laisserait sa place à un autre numéro sans que cela change rien au déroulement du monde. Dieu ne pourrait rien pour me sauver, ni maintenant ni après, parce qu'il n'existait plus pour moi.

Je n'avais plus la force de croire en Dieu. Surtout après tout ce qu'il s'était passé depuis le début de la guerre. Je venais de me rendre compte que la religion était une mauvaise farce que les hommes se jouaient depuis des siècles sur une scène de carton-pâte, une scène d'encens et de fumée, pour oublier la détresse de leur misérable condition. En vérité, je ne croyais plus en rien. Ou plutôt, si je croyais en quelque chose, c'était bien en l'existence du mal.

– Êtes-vous certain de vouloir refuser la miséricorde de Dieu ? a demandé l'aumônier en posant la main sur mon épaule et en tentant de me faire mettre à genoux pour implorer le Ciel.

– Dieu est mort depuis longtemps ! ai-je hurlé comme un loup aux abois. Regardez là-haut ! Il n'y a rien d'autre que des étoiles !

L'aumônier a pris cela en pleine face. Son regard s'est vidé de toute lumière, de toute substance, de toute humanité. Il a enfin compris qu'il ne pouvait rien pour moi. Il s'est reculé de quelques pas, a fait le signe de croix comme pour conjurer le sort, puis s'est éloigné, la tête basse et la mine défaite.

De loin, on aurait dit la marionnette d'un théâtre d'ombres, une marionnette qu'agitent des fils invisibles, qui bouge et se débat, puis qu'on range le soir dans un coffre en bois, une fois la pièce terminée. Lorsqu'il a disparu à l'horizon, et que je me suis retrouvé seul, avec en mains la montre à gousset et le menu de mariage, seul avec Apolline, seul avec la femme que j'avais aimée de toutes mes forces et qui justifiait que je sois encore en vie, j'ai hurlé comme un fou à la face du Ciel :

– Pourquoi ? Pourquoi ? Pourquoi ?

Ensuite, j'ai pleuré comme un enfant, et j'ai attendu que Dieu me donne une réponse, n'importe laquelle, mais une réponse. Cela, je crois, m'aurait apaisé, aidé à recouvrer mon calme.

Mais le Ciel est resté muet.

Pendant toute cette terrible année 1916, le courrier que l'on recevait a constitué le seul rayon de soleil dans ce ciel d'hiver, ce ciel bas et gris qui nous servait d'horizon quotidien.

Dans notre section, les deux plus vernis étaient Matteo et Luc. Ceux-là, leurs femmes écrivaient toutes les semaines ou presque. Chaque fois que le vaguemestre passait dans la tranchée, il s'écriait :

– Une lettre pour Luc Berger. Une autre pour Matteo Capitone.

Les deux chanceux s'en délectaient à l'avance, certains d'obtenir un peu de réconfort dans ces missives parfumées dont la délicatesse de l'écriture leur rappelait qu'il y avait ailleurs un monde de douceur et de caresses, un univers féminin qu'on retrouverait peut-être un jour, mais dont pour l'heure nous avions oublié jusqu'à l'existence.

Tanguy, lui, n'écrivait ni ne recevait jamais de lettres, si ce n'était tous les mois un colis de ses parents, qui contenait toujours les mêmes denrées : un pot de confiture, une barre chocolatée et une saucisse sèche. À force d'avoir trop de fiancées, et qui s'étaient sans doute rendu compte qu'elles n'étaient pas seules sur la place, qu'il y avait des concurrentes, il avait fini par faire le vide autour de lui.

Quant à moi, à défaut de celles d'Apolline qui n'auraient pu venir que du ciel, je recevais parfois des nouvelles d'Hortense.

Le 7 janvier 1916

Mon cher Victorien,

D'abord il faut que tu saches qu'il ne se passe pas une journée sans que je pense à toi et à nos belles années qui ont disparu depuis que le malheur nous a touchés tous les deux. Et surtout qui continue avec cette guerre.

Maintenant, c'est la grande misère parce qu'il y a des restrictions et qu'on ne peut pas faire ce qu'on veut comme avant quand la vie était belle et qu'on ne le savait pas. J'espère toutefois que tu te portes bien et que tu commences bien cette nouvelle année qui sera, je le souhaite, la dernière de cette guerre affreuse.

J'ai passé le réveillon de la fin de l'année avec nos amis d'Istres, Henri et Danielle Boutin, qui sont venus à Lyon pour les fêtes. Je te transmets leurs amitiés les plus chaleureuses et peux te dire qu'ils ont été très déçus de ne pas te voir, croyant que tu aurais une permission pour la Noël. Ils sont d'ailleurs venus les mains pleines de cadeaux. Un joli cache-cœur provençal pour moi et un étui à cigarettes en argent pour toi. Je te le mets de côté pour quand tu reviendras.

Notre cousine Agnès, celle de Villefranche-sur-Saône, séjourne avec moi à Lyon depuis le mois de décembre, et ce pour quelques semaines, le temps de reprendre des forces. Elle a perdu son mari à la guerre il y a six mois, quelque part du côté des Ardennes. En dépit de son chagrin qui ne passe pas, elle te donne le bonjour et me fait dire de prendre soin de toi et de faire attention à ne pas te faire tuer pour rien. Ce serait trop bête, maintenant que la guerre est presque finie. C'est ce qui se dit dans les journaux, bien sûr personne n'ose trop y croire pour l'heure mais quand même ça fait du bien au moral de se dire des choses douces.

Ton patron Antoine Georges que j'ai vu il y a quelques jours te transmet ses amitiés et ses meilleurs vœux, et te demande si le sabre a pu te servir, mais je sais bien que non puisque c'est moi qui l'ai gardé, seulement je n'ai pas osé le lui dire, alors je te le répète pour la forme, même si je connais la réponse.

Je dois te confier que je me rends tous les dimanches sur la tombe de mon Jacques, et aussi sur celle de ton Apolline, des tombes que j'entretiens et fleuris avec amour car je crois qu'ils me voient du haut du ciel. Je te dis ça avec un peu de gêne car je sais que parler d'eux te fait mal à en mourir, mais il faut apprendre à vivre, même avec les disparus. C'est là notre seule chance de survie.

Voilà, j'espère que tu pourras venir bientôt. L'appartement de Lyon est toujours le tien et je pense à toi chaque fois que je regarde ta collection de montres, c'est-à-dire plusieurs fois par jour.

Prends garde à toi.

Je t'embrasse.

TA SŒUR HORTENSE

Le 2 février 1916

Mon cher Victorien,

Je t'envoie un cache-col de laine noire parce que je me doute que tu dois souffrir du froid. Ici, le matin, l'eau gèle dans les brocs et nous manquons de charbon pour nous chauffer correctement, mais à la guerre comme à la guerre. D'ailleurs M. Georges m'a promis qu'il m'enverrait un stock de bois pour faire chauffer le poêle jusqu'à la fin de l'hiver. En attendant, Agnès et moi nous nous couvrons de chandails et dormons dans le même lit pour nous réchauffer un peu.

J'espère que tu auras bientôt une permission pour venir nous voir. Au printemps, si tout va bien.

Encore une fois, ici la vie est dure, mais sûrement moins que pour toi.

À bientôt mon cher frère.

HORTENSE

Le 10 mars 1916

Mon cher Victorien,

Juste un petit mot pour te dire qu'on pense bien fort à toi.

Ici à Lyon, ce n'est pas la belle vie, loin s'en faut, l'hiver est long et je n'ai pas eu tout le bois escompté pour nous chauffer correctement, juste la moitié, mais le printemps n'est plus très loin et, avec lui, j'espère que l'espoir reviendra.

D'ailleurs, j'aurais bien tort de me plaindre quand je pense à tout ce que tu dois endurer, et aussi à tout ce qu'on raconte sur la guerre.

Agnès va bientôt retourner à Villefranche-sur-Saône, car elle doit reprendre le travail à l'usine. Elle t'embrasse bien fort et te dit bien des choses.

Ce matin, j'ai entendu le chant des oiseaux pour la première fois depuis de longs mois. Cela m'a fait tout drôle. Tu as peut-être raison à propos de la guerre, elle va sûrement s'arrêter bientôt. Sinon, les oiseaux ne chanteraient pas.

J'ai brodé des draps pour toi, que je te donnerai quand tu reviendras.

Tu ne m'écris pas beaucoup. Je pense que c'est peut-être le temps qui te manque, ou bien l'envie. Je ne sais pas.

Je t'embrasse bien fort.

TA SŒUR HORTENSE

Le 30 mars 1916

Cher Victorien,

Je t'écris cette lettre en pensant très fort à toi. Je sais que depuis une quinzaine de jours, tu as été transféré à Verdun, et que désormais la vie doit être bien difficile pour toi. Ce qu'on dit de cet endroit me fait frémir tant cela semble inimaginable. Mais le fait que tu aies incorporé l'Escouade des Braves me remplit de fierté et d'orgueil. Je sais que tu penses d'abord au salut de ton pays avant de songer au tien.

Je t'envoie, car je sais que tu les apprécies, les derniers journaux qui parlent du front et de la guerre.

Je crois que l'un pourra fort t'intéresser, car il parle de cet adjudant dont tu m'as entretenue dans une de tes lettres et qui porte ce surnom étrange. S'il s'agit vraiment de lui, je comprends ce que tu dois endurer et je te plains de tout mon cœur.

Prends soin de toi.

Je t'embrasse, mon cher Victorien.

TA SŒUR HORTENSE

C'est donc grâce à une lettre d'Hortense que j'ai découvert le passé de l'As de Pique dans un vieil exemplaire du *Réveil de Lyon*. Un journal que j'ai lu le soir même, à la lueur d'une lampe à pétrole, avec une curiosité mêlée de stupeur et d'étonnement.

Dans cette gazette, il y avait parfois, entre deux chroniques sur le jeu de dames, deux articles sur le phylloxéra ou le mildiou, deux publicités pour l'élixir de jouvence de l'abbé Soury ou les cachous du pharmacien Lajaunie, le compte rendu d'un procès aux Assises. Or le compte rendu de l'exemplaire que je tenais en main n'était autre que celui de l'homme qui commandait l'Escouade des Braves.

L'As de Pique, par une étrange coïncidence, avait d'ailleurs un nom prédestiné, puisqu'il se nommait en réalité Auguste Leguer. Il avait vu le jour en 1895 dans un village de pierres grises du côté de Plougastel, un de ces villages de Bretagne que rongeait l'humidité. Leguer connut une enfance que les médecins les moins prolixes qualifieraient de « difficile ». Sa mère, une lavandière analphabète, l'avait abandonné peu après sa naissance. Quant à son père, un marin alcoolique et dépressif, il mourut noyé lors du naufrage de son chalutier au large de la mer d'Irlande. Auguste Leguer, semblait-il, n'était pas né sous une bonne étoile.

Devenu orphelin, il avait passé toute son enfance et une partie de son adolescence à l'orphelinat, sous la férule des moines franciscains qui l'éduquèrent, comme tant d'autres de ses congénères, à coups de cravache, de privations et de punitions. Très jeune, il se révéla une forte tête, ce qui le conduisit au pain sec et à l'eau, sans que son comportement diffère pour autant d'un iota.

À seize ans, à sa sortie de l'orphelinat, il était déjà un homme mais plus vraiment un être humain. Les punitions et les privations à répétition lui avaient inculqué la haine de la société et de ceux qui y avaient réussi. Ainsi vomissait-il sans distinction bourgeois, gendarmes, juges et, de manière plus générale, tous ceux qui représentaient l'ordre établi. Seuls les criminels avaient valeur à ses yeux. Aussi fréquenta-t-il les bas-fonds de la ville et, en quelques mois pendant lesquels il commit plusieurs menus larcins, passa du statut de pupille de la Nation à celui de voleur. Un voleur que la République, sans le savoir, et surtout sans vouloir s'en préoccuper, avait mené tout droit sur les chemins du crime.

Voilà sans doute pourquoi, quelques années après une vie d'errance à travers la Bretagne, un soir de beuverie à Plougastel, il larda de coups de couteau un inconnu dans un bar, à l'issue d'une partie de cartes qui avait tourné à son désavantage. La victime, un notaire rondouillard et respectable, apprécié de tous dans la région, de surcroît père de huit enfants, décéda des suites de ses blessures – quatorze coups portés à l'abdomen, dont deux mortels. Leguer, qui n'avait pas cherché à fuir une fois son forfait accompli, se rendit à la gendarmerie de son plein gré. Il fut aussitôt écroué à la prison de Brest.

Quelques mois plus tard, il eut même droit à un procès retentissant, dont les gazettes de l'époque se firent l'écho, et qui croquaient l'assassin de face, sans l'ombre d'un remords, avec un regard de glace, exprimant au jury et à la face du monde toute sa rancœur et sa haine de la société.

La vérité était un peu différente car Leguer n'était pas un révolutionnaire dans l'âme, et surtout ne possédait aucun talent oratoire. Lors de l'audience aux Assises, il prononça en tout et pour tout trois phrases. Trois phrases qui firent leur effet sur la cour et les jurés.

Dès le début du procès, tout sembla limpide. Les faits étaient évidents et indéniables – faits que l'accusé ne tenta pas de récuser –, la description du meurtre souleva le cœur de l'assistance, et le jury fut bien obligé d'admettre l'évidence. Cet homme était un monstre. Leguer, avant même le terme du procès, était condamné d'avance.

D'ailleurs, la plaidoirie de son avocat fit chou blanc. Il avait fait l'erreur d'axer sa défense sur le lourd passé de l'accusé, demandant les circonstances atténuantes, implorant la clémence du jury pour un homme à qui personne n'avait jamais donné sa chance, évoquant le désespoir d'un orphelin et les attentes déçues d'un adolescent, alors que chacun des jurés présents voyait le regard froid d'un meurtrier, qui se fichait de sa défense comme d'une guigne. Cette indifférence joua contre lui, d'autant qu'elle se mua en insolence, le regard froid en sourire, et l'étonnement du jury en indignation, ce qui finit de convaincre les indécis qu'ils avaient face à eux un monstre.

L'avocat de Leguer, tout en poursuivant sa plaidoirie, n'osait plus regarder son client en face car, en lieu et place d'un homme, il voyait déjà un corps que la guillotine allait rétrécir. Lorsque le juge, effaré par le comportement de l'accusé, somma son avocat de donner au jury une seule raison d'épargner la tête de son client, ce dernier fut incapable de répondre d'une manière claire et précise. Il bafouilla quelques mots, évoqua encore l'enfance difficile, l'orphelinat, le chemin naturel du crime, se répéta, s'emberlificota dans ses phrases sans sincérité, puis termina sa défense par une formule à l'emporte-pièce que personne ne releva.

Ce fut alors au procureur de prendre la parole. Celui-là était d'une autre trempe, cela se devinait aisément à son air supérieur et à la lenteur de ses gestes. Lui, contrairement aux autres, avait le temps. La durée du procès, il n'en avait cure. Ce qu'il voulait, c'était la tête de l'accusé. Le reste lui importait peu.

Le procureur, lui, était un homme d'expérience, qui parlait sans forcer ni sa voix ni son talent, en quelques mots bien choisis, sans emphase, et qui savait que la tête d'un accusé peut se jouer sur une simple phrase, un détail, et que ce détail c'était à lui qu'il appartenait de le souligner.

– Quatorze coups de couteau ! rappela-t-il d'entrée en pointant le doigt au ciel. Quatorze !... Pour en arriver là, mesdames et messieurs les jurés, pour s'acharner ainsi sur un homme déjà à terre, je vous le dis en vérité, il ne faut plus posséder une seule once d'humanité !

Puis, se tournant vers Auguste Leguer, comme s'il était lui-même la victime, il interrogea :

– Pourquoi vous être acharné sur moi à quatorze reprises ?

L'accusé le regarda d'un œil torve. Il ne savait pas encore ce qui l'attendait et ne le saurait jamais parce qu'il ne mesurait pas la valeur d'une vie humaine. Il parut ne pas comprendre pourquoi le procureur parlait à la première personne, alors qu'en faisant cela, en s'identifiant à ce notaire de Plougastel, l'autre savait très bien ce qu'il faisait. Il forçait les jurés à se reporter au jour du crime, à assister au crime, et conduisait ainsi l'accusé à la guillotine.

– Pourquoi ? Répondez ! Pourquoi m'avez-vous poignardé à quatorze reprises ? continua le procureur.

Pour les quatorze coups de couteau, d'ailleurs, le mystère demeura entier. Leguer ne put expliquer son geste. Tout ce qu'il parvint à dire, ce fut cette phrase qui marqua les consciences bien plus que le plus vibrant des réquisitoires :

– Est-ce si important de compter ?

La salle gronda, les esprits s'échauffèrent, les journalistes se penchèrent sur leur carnet pour noter cette réponse lourde de conséquences. Le juge menaça de faire évacuer le prétoire. Dans les rangs du jury, le malaise qui s'était insinué se changea en dégoût, on venait de comprendre qu'il n'y aurait pas de regrets de la part de Leguer, ni maintenant ni jamais. C'était une bête et non un homme qu'on jugeait.

Le procureur, un sourire aux lèvres, reprit :

– Bien sûr que c'est important ! C'est même primordial. Avec un seul coup de couteau, on peut encore parler de faux pas, de colère, de geste incontrôlé... voire d'accident. Mais quatorze... c'est de l'assassinat !

Ce terme d'assassinat dans la bouche du procureur, ce fut l'apothéose. Ce dernier, tout en rassemblant ses notes, savait qu'il venait de faire tomber la tête de l'accusé. L'avocat aussi l'avait compris. Toute l'assistance en était intimement convaincue. Seul Auguste Leguer ne disait rien et restait là, inerte, assis sur sa chaise à regarder une mouche voler devant lui en spirales vrombissantes. Ce spectacle semblait l'intéresser davantage que toute cette assemblée d'hommes et de femmes venue pour le juger.

– Tout au moins, assena le juge, pouvez-vous nous donner les raisons de ce crime ?

Cette fois, l'accusé sembla sortir de sa léthargie. Un juge qui vous adresse la parole, cela a tout de même plus de poids qu'un avocat ou un procureur. Il leva la tête, fronça les sourcils, s'arc-bouta sur sa chaise et, tout en ouvrant la bouche comme un four, il parvint à prononcer ces mots :

– L'as de pique ! C'est à cause de l'as de pique !

– Quel as de pique ?

– Celui que le notaire a joué et qui m'a fait perdre mes trente sous !

Le juge, abasourdi, demanda encore :

– Vous voulez dire que vous avez tué un homme pour trente sous ?

Leguer ouvrit de grands yeux ronds, déglutit à plusieurs reprises, puis conclut :

– Oui.

Cet aveu acheva trois jours de procès. Ainsi, un homme qui appartenait au monde des notables avait perdu la vie pour quelques pièces, et un autre, qui avait tué pour la même somme, venait de gagner un surnom pour la vie entière.

L'accusé fut condamné à être guillotiné. La peine capitale prononcée contre lui parut à chacun un châtiment mérité. D'autant plus que, à l'instant même où fut prononcée la sentence, le nom d'Auguste Leguer fut enterré à jamais.

Le lendemain, les journaux titrèrent en gros caractères : *L'AS DE PIQUE JOUE SA DERNIÈRE CARTE.*

Bientôt on ne parla plus d'Auguste Leguer, l'assassin du notaire de Plougastel, mais de l'As de Pique, le monstre qui avait tué pour trente sous. Un nom et une légende étaient nés.

L'As de Pique retourna donc en prison d'où il ne

ressortirait plus, attendant que la guillotine veuille bien de lui.

Tout cela s'était passé en 1912, en temps de paix, où il est de bon ton de rassurer la population en coupant des têtes d'assassins dans les cours des prisons. Mais voilà, l'époque était incertaine, trouble, et l'administration trop lente. C'est la déclaration de guerre, deux ans plus tard, qui le sauva de l'échafaud. On manquait d'hommes pour cette guerre qui restait à faire et surtout à gagner. La France en réclamait à tour de bras, des sanguinaires comme lui qui ne craignaient rien ni personne, n'avaient aucune attache, et surtout aucune crainte de mourir sur un champ de bataille puisqu'ils se savaient déjà condamnés. Alors, sans lui demander son avis, on libéra le détenu le plus célèbre de Bretagne et on l'envoya en première ligne, comme s'il s'agissait là d'un traitement de faveur. L'As de Pique le prit d'ailleurs comme tel, et ne s'en offusqua pas outre mesure. Lui qui croyait épouser la Veuve en de sanglantes funérailles allait connaître le sursis : la guerre de 14.

Lorsque j'ai refermé l'exemplaire du *Réveil de Lyon*, il était bien tard, peut-être plus de minuit. Dans la tranchée N° 7, il n'y avait aucun bruit. Toute l'escouade dormait, excepté quelques sentinelles de garde qui surveillaient les positions allemandes de l'autre côté du no man's land. Je me suis souvenu que, parmi elles, cette nuit-là, il y avait mes trois compagnons.

Je suis alors sorti de ma retraite, ai longé le boyau d'Acapulco au milieu des soldats endormis, puis j'ai rejoint le poste de garde. Là, j'ai découvert Matteo, Tanguy et Luc, assis sur des caisses à munitions, jouant aux cartes en buvant des gorgées de gnôle pour se préserver du froid.

– Eh bien, qu'est-ce qui t'amène si tard, caporal de mes fesses ? a lancé Tanguy d'un ton goguenard, ce qui a fait sourire ses deux partenaires de jeu.

– Des nouvelles à propos du Diable, ai-je répondu aussitôt en m'asseyant à leurs côtés et en lançant le journal au milieu des cartes à jouer.

Cette phrase et ce geste ont jeté un froid. Le Diable, toute l'escouade le savait, c'était le second surnom de l'As de Pique.

– Des nouvelles pas jolies jolies, et qui prouvent qu'il est un assassin…

À cette annonce, Tanguy a cessé d'afficher sur sa belle gueule d'ange son sempiternel sourire qui s'est mué en grimace. Matteo, lui, a ouvert la bouche à s'en décrocher la mâchoire. Quant à Luc, j'ai cru qu'il tombait de la caisse sur laquelle il était assis.

– On t'écoute, a fait Matteo en brassant les cartes qu'il avait en main.

J'ai saisi le journal, l'ai ouvert à la bonne page, puis j'ai commencé la lecture de l'article du *Réveil de Lyon*, à haute et intelligible voix, tout en prenant le temps de raconter et non d'informer, c'est-à-dire en respectant la musique du texte, en appuyant sur la ponctuation, marquant les virgules, martelant les points, élevant la voix à chaque intonation, relevant la tête à la fin de chaque paragraphe.

Mon système a fonctionné. Le dernier mot prononcé, j'ai pu voir la stupeur s'installer sur leurs visages, ainsi qu'une certaine frayeur. Cette fois, il n'y avait plus de doute : notre adjudant était bel et bien un monstre.

À cet instant précis, la même idée nous a traversé l'esprit à tous les quatre. Il fallait que l'un d'entre nous arrête cette folie meurtrière. Un voleur, ça peut se repentir, mais un assassin jamais. Une fois qu'il a goûté au sang, il ne peut s'empêcher de récidiver. L'épisode Keller en était la preuve flagrante.

– Si nous ne faisons rien, qui peut prétendre que nous ne serons pas ses prochaines victimes ? ai-je fait remarquer en refermant le journal.

Tanguy et Luc sont restés cois. Ils venaient de prendre conscience du danger qui planait sur nos têtes.

– Tu as raison Victorien, a continué Matteo, je n'ai pas envie de servir sous les ordres d'un criminel. Et surtout, je veux revenir vivant de la guerre.

L'Italien avait raison. Il désirait revoir sa femme. Elisabetta Capitone. Celle qu'il avait choisie et qui attendait un enfant de lui. Elle le lui avait écrit noir sur blanc. Elle accoucherait en juin. Elle était certaine que ce serait un garçon, à qui il apprendrait à jouer aux cartes et à gagner. Ou une fille. Ou peut-être les deux puisque sa sœur avait accouché de jumeaux. Tout cela, on le sait bien, est héréditaire.

Luc, lui, était du même avis. Il songeait aussi à sa femme, Nathalie, qu'il avait laissée là bas, à Paris, et qu'il espérait retrouver après la guerre. Il avait déjà imaginé leurs retrouvailles. Cela se passerait sur les bords de Seine, près d'un arbre en fleur que le printemps ferait bourgeonner. Nathalie serait là, habituée à de longues promenades dominicales, déambulant le long du fleuve, rêveuse et mélancolique, contemplant les couples d'amoureux enlacés. Luc surgirait alors, irait à sa rencontre et la serrerait dans ses bras jusqu'à l'étouffer. Lui aussi voulait des enfants, deux ou trois, peut-être quatre ou cinq, il ne savait pas encore, on verrait plus tard.

Lorsque Tanguy a pris la parole, ce qu'il nous a décrit tenait carrément du miracle. Pendant plus d'un quart d'heure, il nous a parlé de sa vie à Saint-Jean-de-Luz, d'un certain bordel tenu par une veuve de condition, de ses protégées jolies comme des cœurs et gaies comme des pinsons, de leurs soirées arrosées de champagne dans des salons roses et bleus décorés de lustres en cristal, derrière des rideaux de pampre ou dans des lits à baldaquin.

Enfin, lorsque mon tour de parler est venu, j'ai sorti de ma poche la montre à gousset, j'ai soulevé le couvercle, contemplé le portrait avec tendresse, puis j'ai parlé d'Apolline.

Apolline. Un prénom de femme si beau et si rare qu'il ressemblait à l'amour. Et que pourtant j'avais perdu si jeune, qu'il me semblait parfois n'avoir jamais existé ailleurs que dans mes rêves. Apolline avait eu son compte de malheurs, toute une vie de misère, et moi je n'avais rien pu faire pour elle, pour la sauver, pour lui dire combien je l'aimais, même si elle le savait parce que j'avais une pluie d'étincelles dans les yeux quand je la regardais rire et sourire.

Je leur ai expliqué qu'elle était morte en couches en juillet 1913, morte en voulant donner la vie à notre enfant, un enfant qui était le mien, le nôtre, et qui lui non plus n'avait pas survécu. Et moi qui restais vivant alors que tous deux, les êtres qui m'étaient les plus chers au monde, étaient partis sans que je puisse même leur dire au revoir. Vivant, c'est beaucoup dire. Depuis ce jour sombre, je n'ai plus été qu'un survivant, un surnuméraire, une ombre qui avait déjà un pied dans la tombe. Depuis, il ne se passait pas une journée sans que la tristesse me serve d'habit, pas une journée sans que je revête ce manteau de chagrin et de larmes.

Apolline. Elle était belle et, grâce aux fleurs qu'elle glissait dans sa chevelure d'un brun aux reflets d'or, elle semblait évoluer dans un été éternel. C'était une créature que la vie avait malmenée, mais qu'elle avait gâtée en lui offrant bien des attraits. Elle possédait le charme, la grâce, l'insouciance, le piquant, la jeunesse, l'avenir. Surtout l'avenir. Assurément, elle était promise à une vie meilleure que celle de bien des jeunes femmes de son âge.

– Le jour de la mort d'Apolline, en ce cruel mois de juillet 1913, il faisait chaud, et pourtant tout était glacé en moi. Ensuite, je ne me souviens plus de rien, ni de l'enterrement ni du reste. Je ne veux d'ailleurs pas m'en souvenir. Je sais simplement que le temps s'est hâté avec lenteur et que la guerre a éclaté.

– Et l'enfant ? a demandé Matteo.

– Quoi l'enfant ?

– Comment s'appelait-il ?

– Il n'a jamais eu de prénom… et puis assez, je préfère qu'on parle d'autre chose.

J'ai sorti un mouchoir de ma poche et je me suis mouché bruyamment. Mes trois compagnons ont détourné la tête, quelques secondes, pour me donner le change.

– En conclusion, ai-je annoncé en me reprenant, si quelqu'un doit se venger de la vie, c'est moi.

Je crois que j'avais fait mouche. Mes compagnons m'ont accordé un regard dans lequel j'ai pu voir briller la flamme de l'amitié.

– Ça me paraît une excellente idée. Mais tu vas t'y prendre comment ? a demandé Matteo.

Tanguy a proposé :

– Il faut éliminer l'As de Pique pendant son sommeil.

– Trop risqué, ai-je dit. L'adjudant se méfie et ne dort que d'un œil.

– C'est vrai, a dit Matteo. Personne n'est de taille à rivaliser avec un gars de sa force.

C'est alors qu'est arrivée la solution du côté où nous l'attendions le moins :

– Il faut qu'il soit puni par où il a péché.

Celui qui venait de parler n'était autre que Luc Berger. L'homme qui, d'ordinaire, choisissait la voie des couleurs pour pallier l'absence de mots.

– C'est-à-dire ? lui a-t-on demandé.

– Une balle perdue lors d'une offensive, ça arrive tous les jours. Après tout, nous sommes sur un champ de bataille, et l'As de Pique lui-même vient de nous le prouver en tuant Keller.

Nos regards se sont mis à briller dans le noir. L'idée de Luc Berger était la meilleure.

– Une balle perdue, voilà la solution. Mais comment et quand ?

Durant de longues secondes, personne n'a osé s'exprimer. Mais nos regards en disaient long.

Finalement, c'est Matteo qui a tranché :

– À la prochaine attaque, on lui règle son compte.

Je n'ai rien répondu. J'avais une boule dans la gorge. Ce qui me mettait mal à l'aise, ce n'était pas de passer à l'acte, de devenir à mon tour un assassin, mais de savoir que si la justice avait été rendue plus tôt, Keller serait encore en vie. Ainsi que Malaval, Veuillot et d'autres dont nous ne savions rien mais qui, comme ce notaire de Plougastel, avaient peut-être été les victimes de ce bourreau.

J'ai compris surtout que, tant qu'il y aurait sur terre des hommes comme l'As de Pique, des êtres programmés pour détruire, nous ne serions pas en sécurité. Ni ici ni ailleurs. Et je me suis mis à espérer qu'un jour, enfin, ce cauchemar prenne fin.

L'occasion s'est présentée à nous quelques jours plus tard. Nous étions le 8 avril 1916. Cette fois, il ne s'agissait pas d'un assaut ordinaire, mais bel et bien du dernier que notre escouade aurait jamais à effectuer sous les ordres de l'As de Pique. Nous nous en étions fait le serment. Cet assaut serait l'ultime sous la conduite du Diable.

Ce jour-là, le colonel dirigeant la cote 304 avait reçu des ordres qui, au vu de son empressement à les exécuter, venaient de très haut. Sans doute de Pétain ou de Joffre. D'ailleurs le papier qu'il tenait en main comportait le cachet officiel de l'État-Major et stipulait que seuls les régiments les plus avancés sur la ligne de front étaient habilités à remplir pareille mission.

– Cette fois, nous allons voir ce que valent vos hommes ! a dit le colonel en s'adressant à notre adjudant.

Puis, tout en repliant soigneusement la feuille de route et en la rangeant dans la poche de son uniforme, il a quitté le champ des opérations pour se réfugier à l'arrière.

Cet ordre, c'était tout simplement l'annonce de notre

mise à mort. Nous devions déloger la compagnie allemande de la tranchée qu'elle occupait face à la nôtre, et ce à n'importe quel prix. À coups de fusil, à la pointe des baïonnettes, à coups de crosse s'il le fallait. Gagner du terrain ou perdre la vie. Il n'y avait plus d'alternative. Les généraux en avaient décidé ainsi. D'une manière ou d'une autre, nous devions en finir.

L'As de Pique, quand il a appris ça, en a eu les larmes aux yeux. Enfin, on lui donnait les moyens d'assouvir sa haine, de lancer ses troupes sur le chemin de la gloire. Qu'au bout de tout cela il y ait la mort, il s'en contrefichait comme de sa première paire de bottes.

– Vous allez voir ce qu'on va leur mettre à ces boches de mes deux ! a-t-il hurlé en vissant sa baïonnette à la pointe de son fusil. On va leur faire la peau, les larder, les crever, les transpercer, ces raclures ! Et tous ceux qui n'iront pas au combat en courant, je les tuerai moi-même…

En disant cela, l'As de Pique n'était déjà plus un être humain mais redevenait, l'espace d'un instant, l'assassin qu'il avait été avant la guerre et qui avait volé la vie d'un homme pour trente sous. Sa bouche était tordue par un horrible rictus, de la bave écumait à ses lèvres, et ses yeux, hagards, ressemblaient à ceux d'un aliéné à qui on vient de passer la camisole. Sans doute ressentait-il en ce moment le même plaisir sadique qu'il avait éprouvé en lardant de coups de couteau ce notaire qui avait eu le malheur de croiser sa route. Cette sensation que, peut-être, il avait ressentie de nouveau en abattant Keller.

Je savais que se trouvait là la véritable motivation d'un

meurtrier, d'un fou sanguinaire : revivre sans cesse la profonde et intense jouissance qui l'assaille lorsqu'il tue.

– Eh bien, ça promet, a fait remarquer Matteo qui savait pertinemment ce qui nous attendait. C'est maintenant qu'il faut agir.

Comme convenu, c'était aujourd'hui que l'As de Pique devait mourir. Nous n'avions pas besoin d'autre justice que la nôtre, car nous savions que l'As de Pique recommencerait, c'était là sa nature profonde, et si nous n'intervenions pas, il y aurait une autre victime après Keller, puis une autre, puis une autre encore, jusqu'à ce que toute l'escouade y passe. Comme j'en avais exprimé le désir, c'est moi qui fus désigné pour effectuer la sale besogne. Une balle perdue, au fond, ce n'est pas un si grand crime.

L'assaut devait être donné en fin d'après-midi. Dans cette attente, chaque homme a écrit une dernière lettre, s'est reposé un peu ou a fait une prière. Enfin, dix minutes avant l'attaque, la voix de l'As de Pique a résonné à nos oreilles comme les trompettes du Jugement dernier :

– Baïonnettes au canon !

Chacun s'est empressé d'enclencher la lame effilée au bout de son fusil, comprenant qu'il n'y aurait aucune rémission possible. Le colonel a passé les troupes en revue, sous le regard attentif de l'As de Pique qui s'assurait qu'aucun tire-au-flanc ne pouvait échapper à son funeste sort. Enfin, à l'heure dite, le chef de l'Escouade des Braves a consulté sa montre et s'est écrié :

– En avant !

Matteo, afin de montrer l'exemple, a grimpé l'échelle permettant de sortir de la tranchée et s'est élancé dans les étendues boueuses du no man's land, bientôt suivi par Tanguy, Luc et toute l'escouade. Quant à moi, je suis sorti en dernier.

Dès que les Allemands ont compris que nous passions à l'offensive, une salve de mitrailleuse a éclaté sur notre gauche, fauchant le premier rideau de soldats. Des hommes sont tombés lourdement à terre, comme des pantins désarticulés. L'un d'eux a poussé un cri d'agonie : une balle venait de lui perforer les poumons, maculant son uniforme d'un liquide séreux. D'autres ont tenté de faire demi-tour, mais l'As de Pique les a obligés à avancer sous la menace de son fusil.

– Allez ! Au combat ! Pour la gloire de la France ! Les obusiers vont nous ouvrir le terrain !

Ceux qui avaient réchappé à la première salve se sont plaqués au sol, rampant dans la boue, dévorés de peur, le cœur au bord des lèvres, sanglotant, reniflant, comprenant que, d'un côté comme de l'autre, il n'y avait pas d'autre issue qu'une mort certaine.

Dans l'attente des premiers obus de .45 que les nôtres devaient envoyer sur les positions ennemies, je me suis caché derrière un monticule de terre, gardant dans ma ligne de mire l'As de Pique qui se trouvait à quelques mètres devant moi. L'homme ne semblait pas prêter attention à ma présence et me tournait le dos. C'était le moment d'agir. J'ai alors saisi mon arme et l'ai pointée dans sa direction. Cette fois, l'As de Pique n'échapperait pas à son destin, j'étais résolu à en finir avec ce criminel. Mais au moment précis où j'ai tenté d'appuyer sur la détente, mon corps m'a trahi. J'ai été pris d'une fièvre subite, une fièvre mêlée de peur et d'angoisse. Ma vue s'est troublée, mon cœur s'est emballé, et je me suis mis à trembler comme une feuille.

C'est alors que l'As de Pique s'est retourné vers moi et m'a surpris le fusil pointé sur lui. Pris de panique, j'ai baissé mon arme, tentant de me dérober à son regard en me terrant dans ma cachette improvisée. Mais il était trop tard. Même si je n'osais en imaginer les conséquences, il était évident que l'adjudant avait compris que je le visais. Pourtant il ne s'est pas soucié de moi et a continué à avancer comme s'il ne s'était rien passé.

– Mon Dieu ! Pourquoi n'ai-je pas tiré quand il en était encore temps ?

Je n'ai pas eu à m'en vouloir davantage. Un obus, le premier, a soudain sifflé dans les airs, puis s'est écrasé au sol, créant une explosion gigantesque et un cratère de plusieurs mètres de profondeur. Des gerbes de feu, de boue et de terre se sont élevées dans le ciel, éclaboussant le bleu d'azur d'une pluie de cendres noirâtres. Ensuite, des dizaines d'obus ont traversé le ciel. C'était la mort étale, un grand lavis que la folie des hommes peignait au fronton de la voûte céleste, avec d'étranges couleurs, jaune soufre, vert dragon, bleu de Prusse et rouge sang. Odeur d'éther, de bile, de poudre, de fumée. Un tableau dantesque. La fresque que Luc avait peinte lorsque je l'avais rencontré et qui, cette fois, devenait réalité. Sur le tumulte, l'effroyable tumulte qui n'en finit plus, le grondement de milliers de tambours, la furie du ciel et de la terre, puis le silence. Le silence assourdissant qui suit le déchaînement et qui résonne encore de tous les spasmes de la destruction.

Et dans ce silence qui donnait à contempler l'œuvre de la mort, j'ai eu le temps de la voir en face. La mort. La vraie.

Où étaient passés Matteo, Tanguy et Luc ? Et l'As de Pique ? Qu'était-il devenu ? J'ai avancé au milieu des cratères d'obus et des cadavres. Je devrais plutôt dire que j'ai rampé, car je n'avais ni la force de me relever ni le courage de m'enfuir en courant. Soudain j'ai aperçu une lumière devant moi, comme la faible lueur d'une bougie scintillant au milieu d'un nuage de fumée, et qui émanait d'une tranchée. Une tranchée ennemie.

Cette fois, ça y était, j'étais arrivé au-delà du no man's land. Au-delà de nulle part. J'avais réussi à franchir ce territoire improbable et vertigineux que représentait cette lande de terre qui n'appartenait à personne. J'avais réussi cette mission. Aller au-devant de l'ennemi. Pour rien. Devant moi, un soldat français se tenait debout. Seul. Et il pointait son arme sur moi.

Cet homme, ce n'était même pas un Allemand. Les Allemands, il n'y en avait plus dans la tranchée, ils avaient décampé, ou alors ils y étaient restés à jamais. Avec quelques tonnes de boue et de terre sur le ventre.

Cet homme, devant moi, c'était un soldat français. C'était l'As de Pique.

Je suis resté de longues secondes sans prononcer un mot, sans bouger, changé en statue. D'ailleurs, ouvrir la bouche pour quoi faire ? Hurler ? Cela n'aurait servi qu'à faire sursauter l'homme et le fusil qui se tenaient devant moi. Et il était trop tard, bien trop tard pour m'enfuir.

D'un geste, l'adjudant m'a ordonné de le rejoindre. J'ai obtempéré aussitôt, puis j'ai emprunté la petite échelle de bois qui menait à la tranchée, pour me retrouver face à mon destin.

– Lève les mains et avance par là ! a lancé l'As de Pique d'un ton sans appel.

C'est alors que j'ai vu que je n'étais pas le seul à être tombé dans la nasse. Dans le boyau, il y avait aussi Matteo, Tanguy et Luc. Tous les trois agenouillés sur le sol, désarmés, les mains derrière la tête. Quand ils m'ont aperçu et que nous nous sommes dévisagés, j'ai pu déceler dans leurs regards l'effroi qui saisit les bêtes traquées dans l'attente de la curée.

L'As de Pique s'est approché de moi. Il portait sur la

figure la marque qui doit être celle des assassins, au moment de passer à l'acte, parce qu'on pouvait lire la mort dans son regard. Il se trouvait si près de moi, sa bouche si proche de la mienne, que je pouvais sentir son haleine rance, cette sueur aigre qui le caractérisaient.

– Tu as voulu me faire la peau, c'est ça ? a-t-il demandé d'une voix qui vibrait de colère.

Personne n'a répondu. L'As de Pique s'est retourné vers mes compagnons.

– Tous les quatre, vous avez comploté pour vous débarrasser de moi, c'est ça ?

C'est alors que j'ai prononcé cette phrase, que j'ai dit ces mots que je n'aurais jamais dû dire, mais qui me brûlaient les lèvres comme un feu ardent :

– On sait pour Keller… et aussi pour le notaire de Plougastel, adjudant Leguer.

À l'évocation de son véritable nom et de cette affaire, cette histoire ancienne qui rappelait en lui les ombres du passé, le visage de l'As de Pique a pris une teinte que je ne lui connaissais pas, une sale teinte entre le gris et le vert. Puis il a craché par terre une salive noirâtre, et dit d'une voix d'outre tombe :

– Puisque vous savez tout…

C'est là que la petite musique de mort a commencé.

L'As de Pique a appuyé le canon de son arme entre mes deux yeux. L'acier froid m'a glacé la peau. Mes compagnons ont baissé la tête pour ne pas regarder ce qui allait suivre, le bruit de la détonation, la balle perforant ma boîte crânienne, le sang qui gicle et se répand au sol.

Le front de l'adjudant s'est emperlé de grosses gouttes de sueur, son doigt a joué avec le percuteur de l'arme et son souffle, son souffle aigre qui m'indisposait… Je n'avais plus que quelques secondes à vivre, je le savais. Et pourtant je n'avais pas vraiment peur. Je ne ressentais rien qu'un grand vide, un grand manque, un long vertige, et si je tremblais un peu, c'était surtout à cause du froid, toujours ce froid qui m'enveloppait dans son grand manteau et semblait vouloir me conduire doucement vers le trépas. Ça y est, me suis-je dit, c'est la fin. Il va tirer, tout va se terminer très vite. Le temps d'une détonation et je ne serai plus de ce monde.

J'attendais qu'il tire.

Mais rien ne s'est passé comme prévu. Rien. Pas même ma mort. On a soudain entendu un sifflement au-dessus de nos têtes, comme celui d'une cocotte-minute prête à exploser et qui se rapprochait dangereusement. Le sifflement a enflé et bourdonné comme un essaim de guêpes affolées… Je n'ai pas eu le temps de comprendre que c'était un obus, un obus que les nôtres envoyaient sur les positions allemandes pour les rayer à jamais de la surface de la Terre. D'ailleurs, personne n'a eu le temps de comprendre.

J'ai regardé une dernière fois l'As de Pique qui se tenait face à moi et m'observait de son œil de veau, puis j'ai tourné la tête vers Matteo, Tanguy et Luc, et j'ai compris que je les voyais pour la dernière fois.

Il y a eu une gigantesque explosion qui, en une fraction de seconde, a fait basculer notre existence du mauvais côté, celui du sang, des ténèbres et de la mort. Pendant cet infime laps de temps, bien des choses me sont apparues qui, depuis, sont restées gravées dans ma mémoire. Kaléidoscope d'horreur et de souffrance que je revois chaque fois que je ferme les yeux. Que je reverrai toujours. Dans le coin droit, un corps pulvérisé par les éclats d'acier éclabousse le no man's land. Plus haut, une gerbe de boue, de chair et de sang s'élève dans les airs et tournoie vers les astres en furie. À mes pieds coule un ruisseau de sang, de bile et d'humeurs. Au-dessus de ma tête le ciel explose en milliards de particules que le vent disperse comme une pluie de météores. Dans ce tableau, l'univers se fissure et une myriade d'étoiles décomposées sert de toile de fond.

Je me suis écroulé, le visage dans la boue.

À l'horizon se levait un grand soleil noir.

Puis, plus rien.

Lorsque j'ai ouvert les yeux, m'est apparu un visage de madone frangé d'un halo de brume où tournoyaient des fleurs de lys. Un visage de déesse ou de nymphe, je ne savais trop au juste, vision d'un esthétisme foudroyant mais encore floue.

Sans doute étais-je déjà au Ciel, parmi les saints et leur cortège d'anges, loin de la guerre, car résonnait autour de moi une étrange musique, un chœur qui n'était pas celui d'un champ de bataille.

J'ai cru que j'étais mort, et que je me trouvais dans un petit coin de paradis, où m'attendait Apolline, et que c'était elle que je voyais et qui me souriait. J'ai failli lui demander si tout cela était vrai, si l'enfant se trouvait avec elle, cet enfant que je n'avais jamais vu, qui n'avait jamais eu de prénom, et qui pourtant était le mien... Mais j'ai compris très vite que je me trompais.

Je suis resté ainsi plusieurs secondes, avant de voir le halo de brume se dissiper, de recouvrer mes esprits et de m'apercevoir que je ne me trouvais pas au paradis mais étendu sur un lit, à l'intérieur d'une église transformée en hôpital militaire de premiers secours. Et bien vivant, comme me le rappelèrent les douleurs qui fusèrent lorsque j'ai tenté de mouvoir mon bras droit qu'un énorme bandage retenait plaqué contre ma poitrine. Les fleurs de lys étaient en réalité les sculptures de la nef au-dessus de moi, et la musique les râles des blessés, des dizaines de blessés. À défaut de la présence de ma chère Apolline, la madone penchée au-dessus de mon visage demeurait bien réelle… une infirmière.

– Je suis heureuse de voir que vous allez mieux, m'a-t-elle confié d'une petite voix qui m'a paru aussi douce qu'une caresse. Vous avez dormi si longtemps.

J'ai voulu lui demander où j'étais, et depuis combien de temps je me trouvais en ces lieux, mais aucun son n'est sorti de ma bouche. J'avais la gorge si desséchée qu'articuler le moindre mot m'était impossible. L'infirmière s'est approchée de moi et a murmuré :

– Vous êtes au dispensaire de Varennes-en-Argonne. Ça fait trois jours qu'on vous a ramené du front, et deux qu'on vous a opéré. Pendant ces trois jours et ces trois nuits, vous n'avez pas ouvert les yeux. Maintenant, je pense que vous avez repris suffisamment de forces pour parler. Tenez, buvez ceci, vous vous sentirez mieux.

Elle m'a tendu une timbale en étain remplie d'eau fraîche que j'ai saisie de ma seule main valide, une main peu assurée, et portée à mes lèvres. J'ai bu lentement, à petites gorgées. L'infirmière avait raison. J'ai pu retrouver ma voix.

– Opéré ? Mais de quoi ?

Elle a saisi la feuille de soins accrochée au pied du lit et a lu :

– Reconstitution partielle de la plèvre et de la clavicule gauche, ainsi que du tissu organique. Un cas bénin, quoi.

Je n'ai jamais su si elle avait dit cela avec humour car elle a aussitôt changé de sujet :

– Vous ne pourrez rien manger avant demain, je suis désolée.

Me souciant peu de mon estomac que je ne sentais pas plus que mon bras droit, j'ai demandé avec inquiétude :

– Que s'est-il passé ? Et où sont mes camarades ? Matteo et Tanguy, pourquoi ne sont-ils pas ici, avec moi ? Et Luc Berger ? Qu'est-il devenu ?

La jeune femme a tenté de m'apaiser en posant sa main sur mon front.

– Calmez-vous, je vous en prie. En ce qui concerne vos compagnons d'armes, je ne peux malheureusement rien vous apprendre. Tout ce que je peux vous dire, c'est que vous avez reçu un éclat d'obus au flanc et que vous avez perdu beaucoup de sang.

Je suis resté sans voix, tentant de comprendre ce qu'il avait bien pu se passer juste après l'explosion de l'obus, qui de nous était encore en vie et qui ne l'était plus. Mais tout se mélangeait dans ma tête, il m'était impossible de rassembler les bribes d'une image cohérente. Je n'ai même pas osé évoquer l'As de Pique. Je me suis contenté de dévisager l'infirmière, cette belle et étrange créature que j'avais de prime abord confondue avec Apolline.

Cette jeune femme dont l'intensité du regard m'avait émerveillé dès les premières secondes possédait un visage radieux, deux yeux de chat d'un noir profond, des lèvres ourlées et sensuelles, un teint mat et délicat, ainsi qu'une belle chevelure brune dont les reflets pourpres et cuivre jouaient avec la lumière. Et l'on devinait aisément chez elle une énergie et une force de caractère exceptionnelles, qui détonnaient au milieu de ces blessés, livides, exsangues, ces hommes que la guerre avait vidés de leur substance.

– Reposez-vous maintenant. Je reviendrai plus tard.

L'infirmière, cette fois, m'a fait comprendre qu'elle avait d'autres chats à fouetter. Avant qu'elle ne s'éloigne, j'ai posé ma main sur son avant-bras, comme pour la retenir encore un peu, et lui ai demandé :

– Comment vous appelez-vous, mademoiselle ?

La jeune femme a eu un sourire étonné, puis a répondu d'une voix douce :

– Vous ne devriez pas perdre inutilement vos forces à parler.

Elle avait sans doute raison. Mais personne n'est plus entêté qu'un soldat qui vient de voir la mort en face.

– Je voudrais simplement savoir comment vous vous appelez.

Elle a eu une légère hésitation, puis elle a murmuré, comme s'il s'agissait d'un grand secret :

– Je m'appelle Mathilde.

J'ai senti une bouffée de chaleur envahir tout mon corps.

– C'est un très joli prénom. Le dernier, sans doute, que j'entendrai avant de mourir.

Cette fois, elle a esquissé un sourire moqueur et m'a fustigé d'un ton cinglant :

– Désolée de vous décevoir, mais vous n'allez pas mourir. Le médecin a dit que vous étiez hors de danger. Maintenant je vous laisse. À demain.

Et sans un mot, elle s'est éloignée vers le lit de mon voisin. Je n'ai rien pu faire pour la retenir. Sans doute est-ce là une autre cruauté de la guerre. Il n'y avait qu'une seule infirmière pour des dizaines de blessés.

La vie est un puzzle géant constitué d'une multitude de pièces de toutes les couleurs, parfois sombres comme la nuit, parfois claires comme le jour, des pièces qui sont elles-mêmes des brisures d'instants volés au temps, des petits éclats de rencontres, des miettes d'émotions, de pleurs, de rires, des particules d'amitié, d'amour, des blessures, surtout des blessures. Tout cela finit par composer une mosaïque étrange et belle qu'on appelle la vie. Quelquefois, cette mosaïque est bien agencée, resplendissante comme un tableau de maître. Quelquefois non.

Les jours suivants, dans ce lit d'hôpital, j'ai tenté de reconstruire la mosaïque des événements et de me remémorer ce que j'avais réellement aperçu juste après l'explosion de l'obus. Mais j'avais beau me creuser la cervelle, je n'y parvenais pas. Tout restait confus. Et surtout, je ne savais rien au sujet de Matteo, Tanguy et Luc. J'ignorais même s'ils avaient pu en réchapper. Tout ce que j'espérais, c'était que l'As de Pique, lui au moins, était mort dans cette tranchée, de l'autre côté du no man's land.

Lorsque j'ai été en mesure de me lever et de faire quelques pas, j'ai interrogé les autres blessés qui, eux aussi, revenaient du front. Je leur ai demandé des nouvelles de mes trois compagnons d'armes, mais personne n'a pu me renseigner à leur sujet. Qu'étaient-ils devenus ? Sans doute apprendrais-je quelque chose un jour prochain, lorsque je sortirais d'ici, mais pour l'heure je devais me contenter de mes souvenirs et de mes inquiétudes.

Je suis resté un mois dans cet hôpital de campagne, un mois durant lequel la présence de Mathilde a été ma seule joie, et ma seule certitude d'un possible avenir. C'est elle, je dois l'avouer, par son unique présence, qui m'a ramené à la vie.

Un matin, elle est arrivée dans la salle, radieuse comme un jour d'été, tenant à la main un bouquet de fleurs. Sa coiffe et son uniforme d'une blancheur immaculée m'ont fait penser à l'apparition d'un ange. Ou bien à celle d'Apolline, le jour de nos fiançailles, dans une petite salle du quartier Monplaisir, à Lyon. Un jour béni entre tous où j'avais réussi à rassembler la famille, ma sœur Hortense et mon beau-frère Jacques, ma cousine Agnès et son mari, des tantes, des cousins, des neveux venus de toute la France, sans compter une ribambelle d'amis ainsi que M. Georges qui, en doyen respectable et généreux, nous avait offert le champagne et les petits-fours.

Je jure qu'à l'instant où j'avais offert à Apolline sa bague de fiançailles et qu'elle m'avait remercié d'un sourire, elle portait sur le visage la même lumière que Mathilde ce matin-là. Le même éclat. De cela, je suis certain.

L'infirmière s'est approchée de mon lit, s'est assise à mon côté et a dit d'une voix douce :

– Tenez, Victorien, elles sont pour vous.

Passé le premier instant de surprise, j'ai refermé ma main sur le bouquet, et j'ai contemplé la jeune femme d'un air idiot.

– D'ordinaire, ce sont les hommes qui offrent des fleurs aux femmes. Pas le contraire.

– Peut-être. Mais comme vous ne pouvez pas bouger d'ici…

Elle s'est interrompue, et s'est contentée de me sourire.

– Vous allez beaucoup mieux, je vois.

– Oui. Grâce à vous.

Elle n'a pas relevé.

– J'ai une bonne nouvelle pour vous. Vous allez pouvoir sortir à la fin de la semaine.

Je suis resté pétrifié quelques secondes, je venais de comprendre que j'allais partir, c'est-à-dire ne plus jamais la revoir. Et cette idée, soudain, m'est apparue insupportable. J'ai senti que je perdais pied avec le monde réel. J'ai fermé les yeux quelques secondes, en proie au vertige, et j'ai revécu cette seconde d'angoisse où tout vous abandonne, où l'on vous apprend que vous ne possédez plus rien, et encore moins l'espoir de l'avenir. Cette seconde atroce où vous vous constatez seul au monde. Le soleil n'est plus qu'un point fuyant à l'horizon, parce que vient déjà la nuit noire.

Lorsque j'ai rouvert les yeux, Mathilde avait disparu.

J'ai quitté l'hôpital de Varennes-en-Argonne le 10 mai 1916, sans avoir revu Mathilde qui avait été mutée dans un autre établissement le lendemain de notre entrevue.

En tant que veuf et blessé de guerre, j'ai eu la chance de ne pas retourner au front. L'administration des Armées a décidé que j'avais fait mon devoir envers la Patrie et, en quelque sorte, que j'avais eu mon compte. Je pouvais rentrer chez moi, à Lyon.

Après un long voyage en train, j'ai retrouvé la gare des Brotteaux, que j'avais quittée deux ans plus tôt, et où Hortense m'attendait. Elle n'avait pas beaucoup changé, ma sœur aînée. En revanche, je crois que j'avais vieilli de dix ans depuis le début de la guerre. Je me sentais désormais plus âgé qu'elle.

Nos retrouvailles furent un mélange de joie et d'émotion presque douloureux. Nous passions des rires aux larmes en quelques secondes, comme si le fait de se revoir était tout à la fois inespéré et insoutenable. Pour fêter mon retour, j'ai invité Hortense à déjeuner dans un restaurant de la place. Je me souviens d'avoir dévoré avec un appétit d'ogre du saucisson lyonnais, des cuisses de grenouille et du pain d'épice. Et d'avoir bu un vin noir comme la nuit, qui m'a fait songer au madiran d'Alphonse Espérandieu.

– Je suis tellement, tellement heureuse de te revoir, Victorien, m'a chuchoté Hortense.

– Et moi donc… Finalement, je l'ai obtenue, cette permission. Et mieux que ça puisque je ne retournerai plus au front.

Elle a hésité, puis a fini par demander :

– Comment c'était là-bas ?

– Une sale guerre. Je préférerais qu'on parle d'autre chose, tu sais.

De retour dans l'appartement, je me suis aperçu que rien n'avait changé. Tous les objets étaient à leur place, comme s'il ne s'était rien passé d'extraordinaire pendant ces deux années de cauchemar. Ma collection de montres trônait en bonne place sur l'étagère du salon, et au milieu le portrait d'Apolline. D'un geste empli de tendresse, j'ai posé ma main sur la photographie et j'ai tenté à nouveau de saisir l'insaisissable, le passé, l'amour, la joie de vivre, tout ce qu'elle m'avait offert et tout ce que je lui avais donné et qui avait disparu avec le temps. Mais cette fois, je n'ai ressenti qu'un grand vide, une sensation de manque, le froid de l'absence. Je me suis reculé et j'ai remarqué avec étonnement que le portrait couleur sépia ne souriait plus vraiment et que le regard d'Apolline n'était plus aussi perçant qu'autrefois. À force de lumière et de temps, la photographie s'était peu à peu étiolée, estompée. Ce fut comme une deuxième mort. J'ai su alors que le passé ne reviendrait jamais.

– Quelque chose ne va pas ? a demandé Hortense lorsqu'elle m'a vu flancher, puis m'appuyer sur une chaise.

– Ce n'est rien. Je… je vais me reposer un peu.

Je suis sorti en trombe de la pièce et me suis réfugié dans ma chambre. Étendu sur mon lit, les yeux fixés au plafond, j'ai attendu que la tristesse choisisse une autre victime que moi.

Mon patron Antoine Georges, à qui j'ai rendu visite le lendemain, a été surpris de me revoir si tôt, alors que la guerre faisait rage et que les journaux ne parlaient que de ça. Surtout que je lui rapportais le sabre qu'il m'avait confié au début de la guerre. Je n'ai jamais eu le courage de lui avouer qu'il était resté à Lyon, à l'abri des combats.

– Alors, Victorien, il t'a bien servi ce coupe-chou ?

– Mieux que ça, ai-je menti. Sans lui, je crois que je serais mort depuis longtemps.

M. Georges a souri, puis a demandé :

– C'est donc la quille pour toi ?

– Oui, j'ai été blessé à Verdun, par un éclat d'obus.

– C'était donc si dur, là-bas ?

– Vous ne pouvez pas imaginer…

Je lui ai montré ma blessure à l'épaule et au flanc, lui ai expliqué mon handicap, puis l'ai rassuré sur mes capacités à reprendre le travail très vite.

– Je me sens d'attaque pour commencer demain s'il le faut, monsieur Georges.

– Prends d'abord quelques jours de repos, Victorien, et reviens à la boutique quand tu seras prêt à le faire.

Puis, après m'avoir jaugé une dernière fois, il m'a confié, le regret dans la voix :

– C'est bien dommage ce qui t'arrive là… Un grand gaillard comme toi… Encore quelques mois et les boches allaient perdre la partie et rendre les armes… Et dire que tu étais aux premières loges pour voir tout ça de près.

– C'est peut-être dommage. Mais je crois que j'en ai assez vu.

– Je comprends…

Nous avons laissé passer un long, très long silence, durant lequel j'ai déambulé dans l'atelier pour me remémorer avec délices le parfum suranné qui se dégageait des cartels et des horloges. C'était comme si rien n'avait changé, en ce lieu préservé du monde, même si l'heure sur le cadran des montres, des horloges et des cartels continuait de tourner. Ici, le temps s'était arrêté à jamais. Un havre de paix dans la course folle du monde.

En un clin d'œil, j'ai fait le tour de la pièce, me suis imprégné de cette atmosphère si douce, si chaleureuse, et j'ai su que ma place se trouvait là et nulle part ailleurs. Une place qui me revenait de droit, à force de travail et d'abnégation, et que M. Georges, tel qu'en sa promesse, me l'avait toujours gardée.

– Je viendrai dans trois jours, ai-je annoncé avec un brin de fierté dans la voix. Dans trois jours, tout recommencera comme avant.

Deux années ont passé et, avec elles, la guerre a pris fin. Nous sommes le 1er décembre 1918. Comme chaque premier du mois, je me suis rendu ce matin à l'hôtel-Dieu pour une séance de rééducation de mon membre supérieur droit. Depuis mon retour du front et la reprise du travail à la boutique d'horlogerie de la place Bellecour, je suis contraint de réparer les montres, réveils et cartels que me confie M. Georges avec ma seule main gauche, ce qui ne me facilite guère la tâche. Mais j'ai appris la patience, et surtout, j'ai le temps devant moi.

Le Dr Charquet prétend que ce handicap ne durera pas, et qu'à force de patience, de volonté et d'exercices, je parviendrai à retrouver l'usage de mon bras droit. Je ne sais pas si c'est la vérité ou s'il dit cela pour me rassurer, mais je suis persuadé que ça vaut la peine d'essayer. Il faut dire que le Dr Charquet est un grand homme, au propre comme au figuré, tout à la fois grand échalas pas très loin du double mètre et médecin éminent reconnu par ses pairs. Il est chauve, le nez fin comme celui d'une femme, chaussé d'une paire de lunettes aux verres épais, au travers desquels ses yeux font penser à ceux d'un poisson dans son aquarium. Et triste comme un jour de pluie. Le Dr Charquet n'a guère le temps de rire.

Lorsqu'il me reçoit dans son cabinet, et que je me plains de ma condition, faisant étalage de mes douleurs et de mes angoisses, sa phrase d'accueil est immuable :

– Allons, monsieur Mars, au front c'était autre chose…

Lui aussi l'avait faite, cette guerre, et en tant que médecin de corps d'armée, il avait dû en voir de toutes les couleurs. De celles qu'on ne trouve pas dans les livres d'images, mais qui rendent les âmes sombres comme des nuits sans lune. Je n'ai jamais osé lui demander où il avait servi, et s'il avait été blessé comme moi, mais je pouvais voir dans son regard qu'il en avait vu, des amputations, des corps massacrés, des ventres ouverts, des chairs déchirées, des esprits hagards, perdus… Je me demandais si lui croyait encore en l'existence de Dieu.

Le Dr Charquet officie à l'hôtel-Dieu, un immense édifice bien connu des Lyonnais, posé sur les bords du Rhône et qui ressemble à un navire de pierre échoué sur la rive. Chaque fois que je pénètre à l'intérieur je me perds dans un vaste labyrinthe de couloirs et de salles, de cours et d'arrière-cours, et il n'est pas rare qu'il me faille l'aide de quelqu'un pour retrouver mon chemin. Ce matin, ça n'a pas manqué. Le premier couloir que j'ai traversé m'a mené dans un deuxième qui n'était pas le bon, et ainsi de suite. La première personne que j'ai rencontrée et à qui j'ai demandé le service du Dr Charquet était une religieuse, que je devais importuner, et qui m'a envoyé dans une mauvaise direction.

La seconde, en revanche, était la bonne. D'abord, je ne l'ai pas reconnue car elle ne portait pas son uniforme mais un habit de ville, tailleur et corsage beige clair, auquel je n'étais pas habitué. Mais lorsque j'ai entendu sa voix, cette voix cristalline qui m'avait été si familière, j'ai compris que ce ne pouvait être qu'elle, et que se tenait devant moi l'infirmière de Varennes-en-Argonne.

– Mathilde…

Le regard de la jeune femme s'est illuminé soudain.

– Victorien.

La surprise nous a ôté la parole. Se retrouver à Lyon, si loin de l'hôpital militaire…

– Je ne savais pas que vous travailliez ici.

– Et que vous vous faisiez soigner ici…

Il y a eu d'abord comme un malaise entre nous, très vite dissipé par la joie de nous rencontrer en ce lieu, loin de la guerre.

– C'est si curieux de vous revoir ici, Mathilde. Je suis heureux, et en même temps je ne sais que vous dire…

Elle s'est approchée de moi, cette ombre du passé, si près que j'en ai ressenti un étonnant vertige.

– Alors ne dites rien, Victorien.

Ensuite, je ne sais plus ce qu'il s'est passé. Ou si, je le sais trop bien. Nous sommes restés là comme deux idiots, les bras ballants. Puis Mathilde m'a expliqué qu'elle était pressée, on l'attendait ailleurs, elle devait prodiguer des soins à des malades, récupérer les dossiers des nouveaux entrants, s'occuper des sorties, s'assurer que la pharmacie de l'hôpital était approvisionnée, bref elle avait une foule de choses à faire. Quant à moi, je devais retrouver le Dr Charquet.

Alors j'ai demandé, avec un peu d'espoir :

– Peut-être nous reverrons-nous bientôt ?

Mathilde s'est mise à rire, et son rire a résonné dans le couloir de l'hôtel-Dieu comme une cascade d'eau claire sur une roche. J'ai cru qu'elle riait de mon audace, mais aujourd'hui je crois plutôt qu'elle se moquait du contraire.

– Qui sait, Victorien ? La guerre est finie. Désormais, tout est possible.

Puis elle s'est éloignée à pas vifs, et soudain, le couloir de l'hôpital est devenu glacé.

Lorsque j'ai rejoint le cabinet du Dr Charquet, que j'ai croisé le regard de ce grand homme dont le crâne chauve luisait sous les néons, et avant même que je puisse dire quoi que ce soit, il a sorti sa ritournelle :

– Allons, monsieur Mars, au front c'était autre chose…

J'ai revu Luc Berger, presque par hasard, à l'été 1919. C'était à Paris place du Tertre, en plein cœur de Montmartre, lors d'un voyage d'agrément dans la capitale. Je n'avais aucune chance de le retrouver au milieu des touristes, des gavroches, des poulbots et des chanteurs de rue qui hantent ce quartier, et d'ailleurs, lorsque j'ai entrepris ce voyage, l'idée ne m'a même pas effleuré l'esprit. C'est peut-être pour cette raison – parce que je n'espérais plus le revoir – que j'ai fini par le dénicher au milieu de la foule.

J'étais assis à la terrasse d'un café, Le Chat Noir, dont l'enseigne indiquait qu'on servait des boissons et des en-cas à toute heure, en train de déguster un verre de chinon et une assiette de cochonnailles, lorsque je l'ai aperçu. Il était à quelques mètres de moi, caché derrière son chevalet qui le protégeait de la foule et de lui-même. Luc Berger. L'artiste-peintre. Et qui dessinait au fusain le portrait d'un gamin de Paris. Il n'avait pas vraiment changé, il possédait le même regard un peu perdu, et surtout le même talent pour caricaturer les choses et les gens.

J'ai crié son prénom à haute voix. Sans se lever de sa chaise, il s'est retourné, m'a vu enfin et, passé le premier instant de surprise, m'a adressé un petit signe. Je l'ai invité à me rejoindre d'un geste de la main. Il a quitté son chevalet et s'est approché de moi.

C'est alors que j'ai compris. J'ai su qu'il ne se lèverait plus jamais de son fauteuil parce que, à la place de ses jambes, il n'y avait plus rien que du vide. J'avais devant moi un infirme, un cul-de-jatte. Luc Berger était devenu un invalide de guerre.

– Je suis heureux de te revoir, Victorien ! s'est-il écrié en me serrant fort dans ses bras.

Mon regard insistant en disait long sur mon mal-être. J'étais plié en deux pour être à sa hauteur, et lui, toujours assis dans son fauteuil, souriait comme un enfant. Luc, tout en allumant une cigarette et en tirant sur le filtre, m'a devancé :

– C'est au front qu'on m'a amputé. Ce putain d'obus a tout emporté. Toi, forcément, tu n'en as jamais rien su, tu étais dans le coma, à l'hôpital. Le médecin de faction a jugé que j'étais intransportable et il a décidé d'opérer sur place. Ce salaud-là a coupé les deux jambes jusqu'à la cuisse...

Comme je restais sans voix, Luc a cru bon et nécessaire de me délivrer de ma culpabilité et du sentiment de pitié qui prenait corps en moi.

– Oh, tu sais, c'est de l'histoire ancienne. C'est une

sacrée saloperie qui m'est arrivée là, mais avec le temps, j'ai fini par m'y habituer. Et puis ça n'empêche pas d'être un homme. D'ailleurs, tu peux demander à ma femme, elle est enceinte jusqu'aux dents.

Nous avons ri, puis Luc est devenu plus sombre.

– La seule chose à laquelle on ne se fait jamais, c'est le regard des autres. Et puis il y a aussi la douleur. Tu sais, il m'arrive de me réveiller la nuit tellement j'ai mal aux jambes que je n'ai plus… (Un temps, puis :) Au fond, Victorien, ça aurait pu être plus grave. J'aurais pu perdre la main qui me sert à dessiner.

En dépit de ce raisonnement par l'absurde, j'ai dû admettre que Luc avait raison. En fin de compte, il avait réussi à sauver l'essentiel. Sa main droite. Celle avec laquelle il dessinait. Celle qui le faisait vivre et qui lui conférait cette caractéristique sans laquelle Luc Berger n'aurait plus été lui-même.

– Alors, comme ça, tu t'en es tiré sans trop de mal ?

– Oui, Luc. J'ai eu cette chance.

– Après tout, on a fini par se débarrasser de cet adjudant.

– Je n'en ai pas la certitude, ai-je dit, mais d'après les renseignements que j'ai glanés au registre des Armées, je suppose que oui.

– Tant mieux, il le méritait.

Nous avons commandé deux verres de vin blanc et trinqué à nos retrouvailles, heureux comme deux potaches qui ne se sont plus vues depuis leurs études. Après un long silence, Luc a posé la question que j'attendais :

– Mais alors, si tu es allé au registre des Armées, qu'est-ce que tu sais pour Matteo et Tanguy ?

Je n'ai pas répondu. J'ai simplement posé ma main sur son épaule, et j'ai serré très fort en le regardant droit dans les yeux, si fort que les extrémités de mes doigts sont devenues blanches. Luc n'a pas insisté.

– Foutue guerre !

Ensuite, je crois que nous n'avons plus rien dit, pendant de longues minutes. La place du Tertre était noire de monde, mais nous étions seuls au milieu de la foule.

Lorsque nous nous sommes quittés, le soir même, nous nous sommes fait la promesse de nous revoir bientôt, à Lyon ou à Paris. Mais j'ai bien peur qu'il s'agisse là d'une promesse de Gascon. Cette rencontre a eu lieu il y a près d'un an et, pas plus que je ne lui en ai donné, je n'ai eu de ses nouvelles.

Au printemps 1921, je suis retourné à Verdun, une dernière fois, pour tenter de percer les mystères du passé et comprendre ce qui avait bien pu arriver à mes compagnons cinq ans plus tôt, ce fameux jour d'avril 1916. Même si le registre des Armées m'avait appris bien des choses, je voulais en avoir le cœur net. À un homme qui ne croit plus en Dieu, il faut des preuves concrètes.

Dès mon arrivée sur place, je dois dire que je n'ai rien reconnu. Il n'y avait plus de tranchées, plus de soldats, plus de canons, et pas davantage d'Allemands sur ce sol redevenu français. Un étrange silence pesait sur la plaine, rendue étrangement lointaine, inaccessible. Tout avait changé, comme si on avait plié un décor de théâtre et installé le nouveau pour accueillir une autre pièce, dans laquelle, cette fois, je n'avais plus de rôle.

C'est donc en spectateur que je me suis rendu au cimetière des soldats morts pour la France, où on avait érigé un cénotaphe à la mémoire de nos disparus. C'est là, presque par hasard, que j'ai retrouvé les noms de ceux que je cherchais, en espérant ne pas les trouver. Gravés dans le marbre pour l'éternité.

In Memoriam
Matteo Capitone
Tanguy Estève
Auguste Leguer
Morts pour la France
Tués au combat le 8 avril 1916

Ils étaient donc là, enterrés à jamais. Deux amis que je retrouvais enfin, après tout ce temps passé à me demander si je les reverrais un jour. Désormais sonnait pour moi la fin de l'espoir, celui de revoir un jour mes deux compagnons d'armes. Mais aussi la fin de mes cauchemars et de mes nuits d'insomnie. L'As de Pique ne resurgirait pas au coin d'une rue pour tenter de m'assassiner, de tirer ce coup de revolver resté en suspens et auquel je pensais chaque fois que je fermais les yeux. J'enterrais enfin mes vieux démons.

Je me suis dit alors qu'en effet, la guerre était bel et bien finie. Les politiques et les généraux responsables de la grande horreur continuaient de dormir au chaud dans leurs casernes et leurs ministères, à l'abri de tout, des remords comme des souvenirs. Ils étaient absous par le peuple. Ma haine, elle, les avait seulement effacés. Après tout, ils n'étaient que des ombres qui ne porteraient plus atteinte à mon soleil.

Je me suis demandé si tous les personnages que j'avais

rencontrés au cours de ces années troublées subsistaient dans la mémoire collective, si quelqu'un se souvenait d'Alphonse Espérandieu à Carcassonne, de Robert Martini en Corse, de Jérôme Chaboud en Savoie, de Keller en Alsace, de Veuillot en Bourgogne, si Malaval avait eu droit à des funérailles nationales et à sa statue sur les bords de l'Yser, si la mémoire de Tanguy Estève survivait dans quelque bordel de Saint-Jean-de-Luz, si l'on songeait à Matteo Capitone du côté de son village natal de la région des Pouilles, en Italie, si même on pensait à l'adjudant Leguer quelque part en Bretagne du côté de Plougastel. Et je suis persuadé que la réponse est oui. On n'oublie jamais les disparus, surtout en temps de guerre, car c'est la croix des vivants que de se souvenir d'eux. À jamais.

Je crois que je ne reviendrai jamais des tranchées. Pour moi, comme pour tous ceux qui ont connu cette tourmente, restera cette faille, cette blessure, cette meurtrissure d'avoir survécu à l'enfer. Je garde en moi des souvenirs à vif qui me replongent dans les affres du passé, les territoires du no man's land, sous un ciel de brume teinté de sang, parmi les éclairs des mitrailles, le feu des obus et l'éclat des grenades. Je crois d'ailleurs qu'on ne revient jamais de rien. Aujourd'hui encore, il n'y a pas un jour où je ne pense à Apolline et à l'enfant, pas un jour où je ne soulève le couvercle de ma montre à gousset pour contempler son portrait, caresser sa mèche de cheveux, en songeant à ce qu'aurait pu être notre vie si tout avait été autrement, même si je sais que tout cela me torture et que se tourner vers le passé transforme en statue de sel.

L'humain, quoi qu'il fasse, vit et vivra toujours avec le poids de son passé sur les épaules.

Malgré tout je suis certain que des heures meilleures sont à venir. Depuis peu, mon existence s'est éclairée d'un jour nouveau, comme si le soleil perçait enfin les nuages. Le ciel, au-dessus de ma tête, n'est plus cette voûte de grisaille, d'acier et de sang.

Ce jour de printemps 1921, d'ailleurs, je ne suis pas seul dans le champ de Verdun, sous un ciel d'un bleu translucide. Nous sommes deux à le contempler. À côté de moi, et qui me dévore de ses yeux en amande, il y a Mathilde, qui me sourit, et à qui je rends son sourire. Mathilde, retrouvée par hasard à l'hôtel-Dieu de Lyon, et qui désormais est ma femme. Parfois, le hasard fait bien les choses.

Mathilde non plus n'était pas revenue dans la région depuis la fin de la guerre. Elle n'avait pas oublié l'hôpital militaire, ni ce qu'elle y avait vécu, appris, perdu aussi. Seulement, elle était passée à autre chose. Les femmes sont comme ça. Elles sourient à la vie et, soudain, la vie leur sourit.

Mathilde est belle. Nous nous tenons par la main comme deux amoureux transis, et je la serre si fort contre moi que rien ne peut nous arriver. Rien.

Le troisième personnage – il y a toujours un troisième protagoniste dans ce genre d'histoire – est un enfant qui court et gambade dans les champs, un fusil en bois à la main, sans se douter que la terre qu'il foule est un cimetière à ciel ouvert, un cimetière où reposent des morts par centaines de milliers. Il se nomme Alexandre. Alexandre Mars. Et vient à peine de fêter son deuxième anniversaire. À cet âge, on ne pense pas à ce genre de chose. On se contente de sauter, de rire et de jouer à la guerre. Surtout de jouer.

Cette histoire finit comme ça. On est tous les trois dans ce champ qui n'est plus un champ de bataille. Deux immobiles et un en mouvement.

Le canon d'un fusil est pointé sur moi.

De l'autre côté du fusil, il y a mon fils.

Et j'attends qu'il tire.

DU MÊME AUTEUR

Aux Éditions Albin Michel

L'APICULTEUR, 2000, prix del Duca 2001, prix Murat 2001.

SAGESSE ET MALICES DE CONFUCIUS, LE ROI SANS ROYAUME, 2001.

OPIUM, 2002.

BILLARD BLUES, 2003.

AMAZONE, prix Europe 1, 2004.

TANGO MASSAÏ, 2005.

LE LABYRINTHE DU TEMPS, 2006.

LE TOMBEAU D'ÉTOILES, 2007.

Aux Éditions Arléa

NEIGE, 1999.

LE VIOLON NOIR, 1999.

Composition IGS
Impression : Imprimerie Floch, décembre 2008
Éditions Albin Michel
22, rue Huyghens, 75014 Paris
www.albin-michel.fr
ISBN : 978-2-226-18862-5
N° d'édition : 25718 – N° d'impression : 72611
Dépôt légal : novembre 2008
Imprimé en France